ことばの育休

銭谷侑

コピーライター、父になり、
ことばが無力な世界へ

目次

ことばの育休

ぼくら家族は、庭からはじまった

昨夜、予定日より5日遅れて息子が産まれた。30時間以上に及んだお産は、想像を超えて過酷だった。

もともとぼくら夫婦は、こどもがいない人生を選択していた。夫婦で生きることが十分すぎるほどに幸せだったからだ。おまけに子育てにかかるお金は2000万円超とも言われている。頭で考えると、ふたりで生きるのが解だと思えた。とくに妻は、コントロールできないものや予想できないことが苦手で、婚前から「こどもはいなくていいと思う」と口にしていた。

そんなふたりの考えが変わり始めたのは、2021年に千葉の外房に移住したあと。オンラインでの仕事が増え、日々のデスクワークの反動なのか、

200坪の庭がある中古の一軒家に流れ着いた。

移住当初は、草木の無尽蔵な成長に呆然とした。刈っても刈っても、切っても埋めても、人より大きな力の中に飲み込まれていく。けれど、こちらが起こした行動にまったく反応がないわけではなく、小さな変化の兆しは感じとれるのがさらに憎い。到底、頭で思い描くような理想の姿にはコントロールできないが、変化の始まりには介在できる。

やがて制御できない状態を、許容し始めた。受け入れたというよりは、じぶんの傲慢さを手放した。自然は、敵でも味方でもなく、恐ろしいほどにフラットだ。植物も動物も、生きる意味のためでなく、生きているから生きている。人生の目的やメリットがないと生きられない人間は、なんて不自然なのか。

「こどもがいても自然なのかもね」。どちらから言い出したのか忘れてしまったが、そんなことを会話するようになった。1年間妊活してみて、縁がなかったら夫婦で生きていく。もし縁があれば、それを受け入れると決めた。じぶんたちの頭だけで考えず、自然に委ねてしまおうと。
しばらくして妻に、妊娠を妨げている疾患が見つかった。なんども通院し、囊胞を手術し、結局妻にとって自然な日々ではなかったかもしれない。

妊活を始めてちょうど1年が経とうとする冬晴れの朝、妊娠がわかった。いちばん予想外だったのは、妊娠を知ったときぼくの頭は、アンパンマンの顔が入れ替わるようにスコーンと変わってしまったこと。それが喜びなのか驚きなのか責任感なのか、本棚に眠っていた辞書を広げてみても見つからなかった。ただ、もうこどもがいない未来を想像できないように変わった、ということだけはわかった。

アーティストのブライアン・イーノは言う。「建築家ではなく、『庭師』のように考えよ。終わりではなく、始まりをデザインせよ」と。ぼくらはゴールばかりを気にして、あらゆる日常を手段化させてしまっているのかもしれない。

こどもをより良く育てることを目的に置くと息苦しいが、「始まりをデザイン」し続けると捉えると気持ちが軽くなる。なにげない毎日だって、きっと始まりの連続。ゴールを手放し、始まりを楽しむことにしよう。

家族会議を重ねた末、夫婦で仕事量をセーブして、1年間育休をとることにした。仕事仲間に「長く育休をとろうと思う」と話したところ、「1年休むの?・」と明るく返されたのも、背中を押してくれた。身に余るほど、豊かな人と（草木と虫たち）に恵まれている。

感染症対策のため分娩直前まで面会が叶わず、いても立ってもいられず書き始めたこのエッセイ。せっかくなら、じぶんが見つけた小さな発見を書き残していこうと思う。じぶんや家族のためだけでなく、だれかの始まりにつながるような種たちを届けられたら嬉しい。いまだ荒れているぼくの庭のようなことばでいいから。

男を父に変える「感触」とは

育休2週目

世のお父さんに聞きたい。父になったと感じた、忘れられない「感触」はありますか？

人がじぶんの変化に気づくとき、感触が伴うのではないか。たとえば、甲子園球場の土に触れた感触に、夏の終わりを痛切に感じる球児。指輪を交換し合う感触に、ふたりが結ばれたことを実感する夫婦。『スラムダンク』の桜木花道と流川楓なら、山王戦のラストシーンでハイタッチを交わした感触が、心が通い合った瞬間だろう、きっと。

変化へのトリガーになる感触、もしくは変わっていたことに気がつく感触が人生にはある。女性の場合は、妊娠中の胎動や出産の過程など、たくさんの感触を通して母になっていくのだと思う。対して男性は、こどもを産むことができないし、いまだに感染症対策で出産に立ち会えない病院も多い。では男は、どんな感触で父になるのだろう?

ぼくが父になった感触は、予期せずやってきた。2022年10月13日、息子が産まれた日。突然現れた4002グラムの存在に、直後は現実味がなかった。じぶんの子だと身体が理解できない。頭ではシミュレーションしていたのに、いざ目の前にすると、本当に愛せるのか?とさえ感じてしまうほど混乱していた。

産声を聞いてまもなく、医師から処置に対する同意書へサインを求められた。日付、氏名、住所と順に書いていくと、ある欄で手が止まる。

「続柄」

書き慣れていない「父」という4画の文字を書いていく。ボールペンの先が紙にザラザラとひっかかり、インクが紙の上に吸い付いていく感触をこの手に感じる。「あっ紙にも厚さがあるんだ」。そんな風に感じたのは初めてだった。

ほんの3秒くらいの出来事だったが、ぼくにとっては忘れられない、手から全身の細胞が入れ替わったような、男から父に変わった感触だった。

お産を目の当たりにし、感覚が過敏になっていたのだろうか。いや、そもそも子育てとは、頭でっかちではどうにもならないことを全身で受け止め、人間としての感覚をピュアに再生していく体験でもあるのかもしれない。


息子が生まれて10日。出産に立ち会ってから、まだ息子とは会えていない。チャイルドシートにもベビーベッドにもこどもの痕跡はない。息子の肌や鼓膜に、ぼくの存在はなにひとつ届いていない。

お産の後、冷静になってからわかったことがある。たくさん署名した同意書には、肺に管を通すこと、輸血をすること、手足を拘束することなど、おどろおどろしいことばが並ぶ。のちに、肺の疾患であることがわかった。医療関係者の皆さんの尽力もあり一命をとりとめ、現在は新生児集中治療室（NICU）に入院している。

母子が入院し、ただひとり家に残されたじぶんが不安に押しつぶされずにいられるのは、今も手に残る「父」の感触。そして壮絶だった出産直後に、妻が医師や助産師のみなさんに「長い間ありがとうございました」と口にした、そのやさしくて強いことばの感触が、支えになってくれているからだ。

早く家族で、家で暮らせますように。そして、この手でおもいっきり抱きしめたい、じぶんの全感触を使って。

育休3週目

ベストフラワー賞を受け継ぐ

こどもに、なるべく語りかける。それが夫婦間で唯一共有している、こどもとの向き合い方だ。

妊娠中に、『「語りかけ」育児』(サリー・ウォード著)、『3000万語の格差』(ダナ・サスキンド著)などの育児本を読み、脳の発達にことばがどれだけ大切か認識したのも理由のひとつ。ぼくがことばを職にしており、言語そのものに興味が強いというのもある。けれど、理屈ではなく、もっと深いところに「語りかける」理由の存在を感じるようになった。

息子は生まれてすぐ、NICUに運ばれ、いまも治療の一環としてガスで朦《もう》朧《ろう》とさせられている。たまに半目を開けることはあるが意思疎通はできない。それでも妻は毎日3時間おきにNICUに通い続け、息子に静かに語りかけている。これは脳の発達につながるとか、頭を良くするためとか、そういう理由からではない。絶対にそうでない。

親になるとなぜこうも語りかけたいと思うのか。じぶんを深く掘っていくと、ひとつ思い出した苦々しい過去がある。ぼくの通っていた小学校では、夏休みに「植物を育てる宿題」が出された。1年生はアサガオ、4年生はヒマワリのように、学年ごとに異なる植物を育てる。

ぼくが水やりを忘れるくらいテレビゲームに夢中になっていると、母は植物に語りかけながら水をあげてくれた。ことばが通じない植物相手になぜ話しかけるのか、当時はまったく理解できなかった。バカバカしい行為とさえ思っていた。

母の影響かは定かでないが、ぼくの植物は毎年、段違いに大きく育った。学校に持っていくのが恥ずかしいくらいに。休み明けの全校集会では、各学年でいちばん大きく育てた人が「ベストフラワー賞」として全生徒の前で表彰される。

毎年（妹も一緒に）、壇上に上がらされるものだから、植物の大きさと比例して羞恥心も大きくなった。思わず、母に「もう何もしないで！」なんて駄々をこねたこともあった。

成人してから知ったのだが、母は妊娠中からぼくや妹に語りかけ、よく音楽を聴かせていたらしい。母がどんなことばを語りかけていたのか、その中身は何ひとつ覚えていない。18歳までともに住んでいたはずなのに、親の言ったことばなんて、ほとんど覚えていない。

でも、いつもどんな表情や声色で話していたのか、その輪郭のようなものは残っている。植物に語りかける母は、いつも満面の笑みだった。お腹の中にいた、ぼくや妹に語りかけていたときも、そんな表情をしていたのだろうか。

長年消化できずにいる、思想家の吉本隆明のことばがある。彼は「言語の幹と根は沈黙である。コミュニケーション言語というのは、いわば言語の枝葉であって、決して幹や根ではない」と『芸術言語論』の中で言っている。

その真意は、到底ぼくには理解できないが、「沈黙」とはけして無音ではない気がする。むしろ無音とは対極にあるような、聞こえないが存在するBGMのような存在。ぼくの少年時代は、聞こえない音楽で常に満たされていたように思う。歌詞は何も覚えていないけれど、確かに存在していた。

今日も妻を、息子がいる病院まで送り届ける。面会禁止のぼくは外で待っていることしかできないけれど、なるだけ笑顔でいることにした。温かい沈黙は、NICUの無機質な機械音なんて打ち消してしまう。

こどもの名前にコピーライターはどう向き合うか　特別編

　こどもの名前に、いちコピーライターはどう向き合うか。結論、どんなつけ方をしてもいい。けれど、ぼく個人としては、コピーライティングのアプローチで名前をつけることは避けたかった。理想の行動変容を定め、それを促すことばを開発していくようなプロセス。

　こどもに何かの行動を期待するようなことや、じぶんのことばでこどもをコントロールするようなことは、できる限り排除したいと考えていたからだ。人を動かすことばの技術を、こどもの名前には使いたくなかった。

　こどもがじぶんの意思で、生きていく性別や国籍さえも選べるような、そんな名前にしたいと思っていた。具体的に期待や願いを込めないかわりに、こどもがじぶんの人生を生きてくれるのなら、どんな生き方でも応援する覚悟を持とうと。コピーライティングの手癖を封じ、じぶんの両手を縛りながら、それでも出てくることばは何なのか。そんなことから夫婦で話し始め、大切にしたいポイントを挙げていった。

1、じぶんで生きていく性別を選べる名前。けれど男性としてのアイデンティティも持てる名前に。

ぼくは銭谷《ぜにや》侑《ゆう》という名前なのだが、「ゆう」という名を気に入っている。女性でも男性でもあり得る名前で、性別にフラットに向き合えたからだ。もし源五郎や寅次郎という名だったら、呼ばれるたびに「じぶんは男性である」ことを意識せざるをえなかったと思う。

ぼくら夫婦から生まれてくるこどもは、身体の性は「男性」。性別を限定しない名前でありつつ、(心も男性として生きていくのなら) 男性としてのアイデンティティも持てる名前にできると良さそうだ。

2、じぶんで生きていく国籍を選べる名前。けれど日本人としてのアイデンティティも持てる名前に。

親が日本人でも、こどもが日本人として生きていくのかはわからない。外国語でも発音しやすい響きが良さそうだ。けれど、マイケルやエリザベスみたいな振り切りすぎているのも何かちがう。海外でも発音しやすい響きだが、日本人もしくは日本生まれとしてのアイデンティティを見いだせる名前が良いか。

3、画数がいい。

ぼくも妻も、両親が画数の良い名前をつけてくれた。ぼくは「運だけで生きてきた」というくらい運が良い。姓名判断には半信半疑なスタンスではあるが、せっかくなら画数が良い名前を。

4、あまり聞かない名前。けれど突飛すぎない、変ではない名前。

これは理屈ではなく、夫婦ふたりの感覚。ありふれた名前よりは、ちょっとしたオリジナリティのある名前が好みだ。じぶんたち好みの「語感」と言い換えることもできる。

詩人の谷川俊太郎は、『「ことば」の授業』（ほぼ日主催）の中で「言われている意味ももちろん大事なんだけど、言い方というのが文体であって、文体にその作者の人間が表れる」と話している。コピーライティングの手癖を縛った上でも残る、えぐみのようなものが語感なのかもしれない。

以上の4つのポイントを夫婦で話し合い、あとは天から降りてくるのを待つように肩肘はらず考えることにした。ある日、妻が口にした「織《おり》」という名に夫婦ともにしっくりくる。オリー（Olly, Ollie）という響きも、声帯に心地よい。

あとは生まれてきたこどもの顔をみて決めよう。おいおい、それでは「こどもの名前にコピーライター（の妻）はどう向き合うか」だろうと、つっこみたくなる方もいるかもしれないが。

２０２２年10月13日、息子がぼくらのもとにやってきた。顔を見ると、「おりー」っぽい。正直、見た目ではわからない。でも理屈なくこの名前がいいなと思えた。ぼくの、汚いけれど人生史上もっとも丁寧な文字で、出生届を書いて提出した。

だいばーちてぃ

育休4週目

最近の日課のひとつは、妻からNICUでの話を聞くこと。母親以外の面会は禁止されているので、ぼくはスマホで動画を見せてもらいながら、その日の様子を教えてもらう。

NICUの話は、なにかと興味深いものが多い。ぼくらの息子は4002グラムと大きく生まれ、入院している赤ちゃんの中でいちばん大きい。対して息子の隣にいる赤ちゃんは未熟児で生まれ、体重がおおよそ10倍ちがうらしい。

耳を澄ませると、赤ちゃんの泣き声も一人ひとりちがう。イメージする泣き声よりも2オクターブくらい甲高く泣く子もいれば、南アフリカの民族楽器ブブゼラみたいに低く泣く子もいる。

「みんなそれぞれ自分だけの物語の始まりがあるねぇ」

これはNICU内での話を聞いて、妻の母が、妻に送ってくれたメッセージだ。まさにその通りだと感銘を受け、同時にホッと安堵したじぶんがいる。

こどもは、生まれる前から存分な個性を持ってこの世にやってくる。体格も泣き声も指の仕草も、なにげない表情も何もかもちがう。入院当初は、健康な赤ちゃんと比べてしまい、息子に大変な経験をさせていることを申し訳なく感じていた。でも、この子だけの物語の始まりでもあるのだ。懸命に生きようとする姿をみて、この始まりを大切にしたいと思うようになった。

NICUでは、赤ちゃんたちの世界のほかに、もうひとつ興味深いものがある。それは医療関係者の姿勢やことば。中でも印象的なのは、妻が部屋から退室するさい、いつも看護師さんがかけてくれる一言。

「(赤ちゃんを)お預かりしますね」

ぼくはこの場面で、これ以上に適当なことばを思いつかない。こどもを一人残して去らなければならない母の心情に、そっと寄りそうことばだ。ＮＩＣＵの看護師は、「赤ちゃん」という一つのことばではくくれない多様な新生児と日々接しており、相手の視点で想像する力が磨かれているのだろう。

ふとダイバーシティとは、組織の中に多様な属性の人を集めることではなく、じぶんの中に主語を増やすことではないかと思い返す。コピーライティングとも似ている。じぶんのなかに、他者を存在させ、書くというよりは、発見させてもらっている感覚。だから性別も年齢もちがう人に向けたコピーを書くことができる。

こんなことを書いている間も、ぼくは少しずつ親になっていき、じぶんがこどもだったときの主語は薄れていってしまう。既存の教育のレールに乗れず大学も中退したじぶんが、親になったとたん「いい学校」なんて検索している。

「こども」といっても、息子自身もずっと変わり続ける。日々変わる息子を観察しながら、いろんな主語をぼくの中に入れておきたい。息子の個性や可能性をいろんな角度から面白がれる人間であれたらいいなと思う。

こどもは口ではなく、喉で泣く

育休5週目

「えあゃぁあ」

一ヶ月ぶりに、息子が泣いた。今までは、泣きたくても口や鼻がチューブで塞がれており、声が出せずに涙を流すことしかできなかったのだ。

身体につながっていたチューブや拘束器具が、一つずつ外れていき、ようやく自然呼吸の練習をし始めている。泣き声、しゃっくり、あくび、げっぷ、息子から発せられるすべての音が新鮮で、思わず頰が緩む。

こどもが泣くのを見て嬉しいなんて、ふつうとは逆かもしれないけれど、スマホの画面が少し削れるのではないか、というくらい何度も観察する。何かを見ようとすると、じぶんが見たいものしか見えなくなってしまいそうなので、「見えてくることを見逃さないぞ！」という意識で見てみる。

そうすると、口ではなく喉で泣いていることがわかる。ぼくは、人は口で話していているイメージでいた。泣き声は、もっと喉の奥の方からやってくる。喉の奥から発声するので、息を吸いながらも「ぐへっ」と泣くことができる。じぶんもやってみると、大人は口の先の方での発音になっているのか、息を吸いながらだと発音しにくい。

すこし話は変わるが、育休中は子育てを中心にしながら、合間の時間を、「ふだんは距離を置いてきたこと」にあえて触れてみる時間にしている。たとえば「音楽」。破壊的に音痴なのだが、子守唄で練習してみることに。もうひとつは「語学」。外国語の美しさを知ることで、日本語の美しさを再発見したいという好奇心からだ。

なんとなく喉に興味を持ち、調べていく中で『英語喉』（上川一秋、ジーナジョージ著）という本と出会った。ざっくり要約すると、日本語は口を響かせて発音するが、英語は喉の奥で発音する。だから喉発音の練習をすることで、英語の発音とリスニングが向上するという内容。ちなみに赤ちゃんはもともと喉発音で、人間以外の動物も、喉発音が多いらしい。

「えぁあぇあぁ」

改めて息子を見てみても、喉で発声している。一音ごとに区切るのではなく、息に乗せて流れるように発声している。ふと「英語喉で歌うと、どうなる?」と思いたち、移動中の車内で試してみる。

もともとドレミファソラシドさえも途中で崩壊する不安定さだった。ドレミファソまではいけるのだけれど、ラシドで変な裏声になり、音階がつながらない。喉を開き、音をつなげるように発すると、いつもより気持ちよく歌うことができる。今までは口先で、一音一音を単発で発声しようとしていたのが、不安定になる原因だったのかもしれない。

語学と音楽という、ふたつのコンプレックスは「喉への意識」というひとつの要因から生まれていた。いくつかの問題の裏には、それを生じさせている本質的な課題が眠っている、ということか。

裏を返せば、「アイデアというのは、複数の問題を一気に解決するもの」とも言える。じつはこれ、任天堂のゲームプロデューサー宮本茂の金言そのものでもある。ことばの意味が腑（どちらかというと喉）に落ちていく。

普段の仕事では、思考や言語で問題を解決しようとすることが多いので、身体や非言語的なものに向き合える今の時間は、発見の連続だ。

まだスマホの画面越しでしか息子と会うことはできないけれど、じっさいに会い触れることができたら、どんな発見に出会えるのか、出会い直せるのか。じぶん自身も変わっていくのを楽しみみたい。

子育てのユートピアはあるか

育休6週目

こどものことになると「これでいいのかな」と不安になるのはなぜだろう。じぶんのことなら、世間とちがう道を選んでも平気なのに。

先日、こども園への入園申込みをしてきた。ぼくらの住む町では、毎年11月に翌年度の入園申込みが始まるので、申請だけ済ませておいた。

外房の田舎に住んでいるので、町全体でも保育施設は4つしかなく、都会にあるようなモンテッソーリやインターナショナルなどの選択肢はもちろんない。もし東京にいて、お金に余裕があったのなら、プリスクールにでも入れて、世界中どこでも生きていけるよう可能性を広げておきたいとか考えちゃうのだろうか。

地方に移住したことは大人のエゴで、こどもの可能性を狭めているのではないか？　そんなことも含めて悶々と考えてみたが、結局、自宅からいちばん近いこども園に希望を出した。出生前に夫婦で見学したさい、雰囲気が明るく感じたからだ。

「どう思う？」

こどもに聞いても、まだ答えられるはずがない。息子は、ＮＩＣＵ（新生児集中治療室）からＧＣＵ（回復治療室）に移ることができ、身体につながっていたチューブ・点滴・拘束器具がはずれ、目に見えて回復している。はじめての授乳、はじめての沐浴、はじめての◯◯の連続だ。その中で、人が学ぶということに関して、はっとさせられる場面があった。

はじめて手足の拘束がはずれた時。手足を動かせることが理解できず、じぶんの動きにじぶんでびっくりするくらいパニックになっていたが、ものの10分くらいで理解したようだ。ここ最近は、からだを動かすのが面白いのか、「新手の酔拳か！」というほどグングン動かしている。

はじめて沐浴した時。水という存在がわからないのか、「わはぁはっあっ」と慌てふためきながら手足をドタバタさせた。1分ぐらいすると水が敵ではないということがわかったのか、気持ちよさそうな表情を漂わせ、妻にからだを拭かれていた。

そうか、人はわかろうとしたい生き物なんだ。人はわかりたい。そんな当たり前のことを息子は教えてくれる。

こどものわかろうとすることや夢中になれることに、ただ寄り添えばいいだけなのかもしれない。教育なんていうと堅苦しいから、「人が学ぶ」ということに対して、息子の前でじぶんのことばで伝えられることや、光を感じる行為は何だろうかと、夫婦で話し合ってみた。

「親自身も楽しそうに学び、自然体でいること」

庭のある生活は、ぼくらには合っている。知らない草花が生えてきたり、見たこともない虫が大量発生したり、剪定《せんてい》した枝を土に還す方法をあれこれ試行錯誤してみたり。自然は、まだまだ世界を知らないと思い知らせてくれて、その年齢の興味に合わせたことを教えてくれる。こどもがどこで何を学ぶのが正解かはわからないが、まず大人自身が楽しく学ぶことを大切にしよう。

「消費する家族ではなく、生産する家族でいたい」

教育は、いくらでもお金をかけられる底なし沼だ。良かれと思ってあれもこれも消費しようとし、いつしか学ぶことが受動的になっていたりする。それよりは、最初から「完璧なものなんてない」という心持ちで、ちょっと足りないくらいのほうが、人はたくましく創造的でいられるのかもしれない。じぶんが学生のころを振り返ってもそうだ。

理科の授業で習った「蒸留」を自宅でやってみたいと思い、空き缶とストローで蒸留器をつくり、お酒からアルコールを抽出しようと試みたことがあった。あの時ほどワクワクして、化学を理解したいと思ったことはない。部活で卓球をしていた時も、自作のラケットをつくったことがあった。あの時ほど貪欲に、卓球という行為や、木材について調べたことはない。

とくに今は、わかりたいという意欲さえあれば、インターネットで何でも学べる時代。じぶんで学びをつくっていく方が、学ぶことに愛着を持つことができ、深い学びにつながるのかもしれない。

不安になってあくせく消費するのではなく、こどもがわかりたいこと・やりたいことを見逃さず、広げられるよう、心とお財布にちょっとした余裕を持っておくことを大切にしよう。

十数年後、「こんな田舎、出ていきたい！」なんて言い出すのだろうか。その時は、どこにだって飛び込んでいけばいい。学ぶ楽しさと、自らつくる面白ささえ知っていれば、どこだってユートピアにできるはず。

2人で行って、3人で帰ってきた

育休7〜8週目

息子が退院した。病院以外の世界へ、はじめて踏み出す。ぼくにとっては、出産に立ち会って以来、51日ぶりの再会。

息子は、父の存在よりも、あらゆる外部刺激の方に興味があるらしい。妻に抱っこされながら、病室から自家用車まで運ばれるあいだ、真新しい世界をキョロキョロと見回していた。ぼくはその景色の一部でいい。両腕に荷物を抱え、母子を護るシークレットサービスに徹する。

ぼくら夫婦も、病院の家族用施設にながらく滞在していたので、久しぶりの帰宅だ。病院から自宅まで、約1時間半かかる外房の道のり。海岸沿いに続く変哲のない一本道。思い返せば、この約2ヶ月間で、さまざまな感情を乗せて車を走らせた道だ。

10月14日。前夜、出産に立ち会ってから病院近くのホテルに泊まり、一人で帰路についた日。
「次にこの道を通るときは、3人だなあ」と思いながら、希望とちょっと落ち着かない気持ちで車内は溢れていた。

10月21日。母子が退院し、3人で帰る予定だった日。
息子はNICUで治療を受け、妻も体調不良のため入院が延長された。ぼくは病院にものを届けて一人で帰る。助手席にもチャイルドシートにも人気のない車中は、どこまでも空気しか存在しなかった。

10月31日。妻が退院し、夫婦で自宅に荷物を取りに帰り、すぐに病院の施設に引き返した日。息子がいつ退院できるかわからない不安。妻は産後の不安定さもあいまって、道中、頬を濡らしていた。束の間の自宅は、何事もなかったように穏やかな光で満ちていた。

今日、12月3日。息子が退院し、はじめて3人で自宅に帰る日。嬉しいという意味が更新されるほど嬉しい。しかし嬉しさ以上に、緊張が勝る。けして事故らないよう、少しでも慣性力が働かないよう運転する。こんなに道路って凸凹してたっけ？　こんなに道幅って狭かったっけ？

きっとどんな大統領や金塊を後ろに乗せていても、こんな気持ちにはならないでしょう。対して息子は、はじめてのチャイルドシートに座してずっと寝ていた。ぼくより何倍も悠然としていた。

息子と妻と同じ空間にいて、息を吸ったり、歩いたり、哺乳瓶を洗ったり、一つひとつの活動が新鮮で、まばゆくて、いちいち琴線に触れてくる。こんな新生36歳児の状態が続いては、この先、生きるのが大変だ。

早くたくさん泣いてワガママを言って、飽き飽きさせてほしい。溢れんばかりのエネルギーで、ぼくを引き摺り回して辟易とさせてほしい。一緒に生きることが、何でもない当たり前の日々だと錯覚させてほしい。

もし将来、「親なんてやってられるか」と思う時が来たら。この道に車を走らせて、今日のことを思い出せよ、じぶん。

家事はアートだ

育休9週目

3人の日常が駆け抜けていく。


夕方、息子がグズる。妻、授乳を始める。

今しかない。洗濯物を畳み終わった夫は、お風呂へと向かう。浴槽を洗い、お湯をため始める。ついでにベビーバスも洗う。息つく暇もなく、次は台所へ。

息子の薬をお湯に溶かし、哺乳瓶へ入れる。


妻、もう片方の乳房に選手交代。

夫、そのタイミングを狙って、薬を渡す。

息子、薬が苦いのか、渋い顔で飲み始める。

夫、すぐに台所にUターン。

ご飯を湯煎し、レトルトの豚汁スープをレンジで温める。納豆用のネギを、ザクザクと切っていく。醤油、スプーン、箸をダイニングテーブルにテンポよく並べていく。


どんどんゾーンに入っていく。覚醒していく。個の意志で動いているというより、もっと大きな力に動かされている浮遊感。

息子、妻、夫、調理器具、食器、畳、空気。家を構成するあらゆるもので、ひとつの音楽を奏でているような感覚。そんなすべてが調和したドタバタ協奏曲が絶頂を迎えようとする直前。


「お風呂がわきました」「チーン！」

湯沸かし器と電子レンジが同時に音色を発する。

「ファビュラス！　今日はこの音を聞くために家事をしていたのかもしれない」。

偶然の気持ちよさに悦に入っていると……。


「ブブブブぅ」

息子のおむつから、盛大なファンファーレが鳴り響いた。

3人の怒濤の日常は続く。


「ウソみたいだろ。こう見えてオレ、すごく幸せなんだぜ」

こどもを寝かしつけた深夜、ボロ雑巾みたいに疲れ果てたじぶん自身から、しぜんと滴り落ちたことば。思わず、夫婦で頬をゆるめた。

こどもがいる生活が、こんなに大変だとは。夫婦で協力し合っても、手一杯な状態。もし男性で育休をとるか迷っている人がいるのなら、迷うまでもなく必要だし、仕事の都合がつく限り取得してほしいと思う。すべての大変さを忘れるくらい無我夢中になれるから。

もうひとつの名づけ

育休10週目

仙台にいる両親が、息子に会いに遊びにきた。ここでひとつ問いが生まれる。息子の前で、じぶんの父と母のことを何と呼ぶべきか。

馴染みがあるのは「おじいちゃん・おばあちゃん」だろうか。ぼくの幼少期も、祖父母のことは「おじいちゃん・おばあちゃん」と呼んでいた。同級生の中には「じいちゃん・ばあちゃん」と呼んでいた家庭もあったと記憶している。

調べてみると、ひと昔前は「おじいちゃん・おばあちゃん」が主流だったが、最近は「じいじ・ばあば」と呼ぶのが主流になっているとのこと。親しみやすい語感が人気のようだ。中には「グランパ・グランマ」と呼ぶ家庭もあるのだとか。

では、ぼくらはどうするのか。息子が発音しやすく、なおかつ両親が「キュン」となる呼称がよいかねと、夫婦で話した。というのも、こどもが産まれてから、「孫キュンの効用」がすごいのだ。

そのひとつとして、両家のデジタルリテラシーが急成長した。出生後から写真共有アプリを使い始め、両親を招待した。やり方も何も教えなかったのだが、どこかで学習したようで、ある時からコメント機能やハートマークボタンなども使い始めた。この2ヶ月間で223件ものコメントがつき、今ではアプリ上で、両家の親同士の会話も生まれている。

たまに電話で父親と話すと、「孫の写真がかわいい、かわいい」と熱をあげて話してくる。ぼくが物心ついた時には、父は単身赴任で別居していたし、たまに家にいてもリビングで寡黙にテレビを見ている人だった。けして子煩悩な人には見えなかった。

でもまあ、孫の存在が、60歳をこえても新しいことを学ぶ力になっているのであれば良いことだ。親しみを強調した「じいじ・ばあば」と呼ぼう。ピカピカのじいじとばあばの誕生だ。

両親が遊びに来たさいに、実際に呼んでみると、まんざらでもない様子（ぼくからすると、いまだに気恥ずかしさはあるのだが）。自ら「じいじですよ」「ばあばですよ」と名乗って、温泉卵みたいにデレデレになっていた。息子よ、キミの圧勝だ。

それにしても、孫の存在はそんなにカワイイものなのだろうか？　目の前のことに精一杯なぼくには、皆目見当もつかない。ただ、呼称も人の価値観も変わり続けるのが世の常。すべての父親にとって、「グランパ！」なんて呼ばれて、孫キュンしている未来があってもおかしくはない。

育休11週目

「抱っこ恐怖症」の克服

ぼくは「抱っこ恐怖症」だ。人生の中で、何度か赤ちゃんを抱っこさせてもらう機会があったが、その度に泣かせてしまった。笑顔だった赤ちゃんたちは、ぼくが抱くとワンワンと泣き出してしまう。

もしや赤ちゃんが嫌がる超音波でも出ているのだろうか。30歳をこえてからは、抱っこすることを自ら遠慮するようになった。

じぶんのこどもを、初めて抱っこしたときも例に漏れず。妻から渡してもらうと、息子は全身でドタバタしながら嫌がるので、すぐに妻の胸もとに返してしまった。そこから、ぼくの「抱っこ恐怖症」克服にむけた探求が始まる。

まずは、抱っこの仕方について育児メディアや動画サイトで調べ、実践してみた。だけど、どれを試してみても、しっくりこない。付け焼き刃のノウハウでは、筋金入りの「抱っこ恐怖症」には太刀打ちできないと悟る。もっと根本的なところまで、踏み入らねばならないようだ。

そもそも人が「さわる」という行為は何なのか。「触覚」や「肌」についての文献を漁り始める。世界は広い、きっとぼくと同じような抱っこ音痴はいるはず。『触楽入門』『〝手〟をめぐる四百字』『子供の「脳」は肌にある』などを乱読していく中で、『手の倫理』（伊藤亜紗著）という本と巡り合う。

触覚に関する2つの動詞。「さわる」と「ふれる」のちがいから、よき生き方ならぬ、よきさわり方・ふれ方とは何なのかに迫る本だ。

「さわる」は、さわる側からさわられる側に、一方的に伝達されるコミュニケーションで「物的」な関わり。

「ふれる」は、相互的に生成されるコミュニケーションで「人間的」な関わり。

後者の「ふれる」という行為は、相手のからだに入り込むような関わりで、互いのからだについての情報を拾いながら、共鳴的なコミュニケーションが生まれるという。信頼して相手に身を預けたぶんだけ、相手のことを知ることができる、そんな人間関係でもあると。

一昨年、近所の乗馬クラブで遊んだ体験を思い出す。同行した妻と、妻の母は、初めてでも馬に乗ることができた。ぼくだけは、うまくいかない。インストラクターの方から「リラックスしてくださいね。あなたが怖がっていると、馬も怖がります。ぜんぶ伝わるんですよ」と諭された。

うまく乗れるかなという恐怖心や緊張感が、「ふれる」を通してすべて馬に伝わっていたのだと思う。ことばが通じなくても、ことば以上に感情が精細に伝わってしまう。

閑話休題。赤ちゃんの話に戻ると、「触覚」は五感の中でもいちばん最初に使われる感覚だ。じぶんや世界を知るという行為は、羊水の中での触覚から始まる。また生まれて数ヶ月間の視力は、0・1以下。つまり赤ちゃんにとって人間関係は接触面にあるのだ。

もう一度、息子を目の前にする。「ふれる」という意識で、背中にそっと手をまわす。抱きあげる、抱きあげられるという一方的な関係ではなく、お互いに「ふれあう」なかで、きもちいい場所を探ることだけを意識する。視覚情報には頼らず、頭も身体もなるべく隙だらけにして、何でも「受け入れるぞ」という状態でふれていく。そうすると「あっここかも」という、きもちいいゾーンが見つかり、息子もぼくも落ちつく体験へと到達する。

おもしろいのは、そのゾーンが毎回変わること。息子もぼくも、日々変化しているからだと思う。見た目ではちがいがわからなくても、ぼくらの身体や関係性は変わり続けているのだ。

「目を通して会う息子」と「手を通して会う息子」はちがう。まだことばが通じない息子から、ことばではわからなかったことを教わった。

文体を探す旅

育休12週目

「うぅ」「えー」「れっ」

息子は、機嫌がいいときに声を出すようになった。生後2ヶ月くらいから始まる、クーイングと呼ばれるものらしい。ひとつ、飛び抜けて印象に残っている音がある。

それは、うんちをふんばっているときに発した「キエーーッ」という高い声。少年マンガに出てくるザコキャラが、盛大に倒された時のような音色。

聞いたときはおかしくて笑ってしまったけれど、よくよく考えると「キエーーッ」よりも、適当なことばはないような気もしてくる。「くおーっ」とか？　やっぱり「キエーーッ」の方が切迫感があっていいね。理屈を超えてしっくりくる。

息子を観察していると、じぶんにとって気持ちいい音感やリズムを見つける旅をしているかのように見えてくる。言い換えるなら、じぶんらしい文体を育てていく旅。

「ふぃー」
「はっ」
「ひゃい」

その無邪気で、ことばになる前のことばたちが、手垢のついた「教育」というラベルを剝ぎ落としていく。受験のための国語や、グローバルで生き抜くための語学よりも、まずは息子がじぶんの唇や喉にとって気持ちいい音を見つけることを応援しようと、思えてくる。

人は、音感やリズムからことばを覚え始め、やがて言語を使い、たくさんの意味をつくり出すようになる。けれど、けっきょく最後は、その人特有の運動の痕跡や秩序が色濃く反映された「文体」しか残らないのではないか。意味やアイデアはいくらでも盗めるが、文体は真似することはできても盗めるものではない。

たまに詩を読み返したくなるのも、情報を得たいからではなく、その背景に流れるリズムにまみえたいからな気がする。たとえば、まど・みちおさんの「どうして　いつも」という詩がある。

太陽
月
星
そして
雨

風
虹
やまびこ

ああ　一ばん　ふるいものばかりが
どうして　いつも　こんなに
一ばん　あたらしいのだろう

『まど・みちお詩集』より

もしこれが「太陽、月、星などの一番ふるいものばかりが、一番あたらしく感じる」というただの情報だったのなら、なんども読み返したいとは思えない。まど・みちおさんの地球のささやきのような文体で存在しているから、何度も反芻《はんすう》したくなる。

それは流行りのビジネス書や自己啓発本では、なかなか味わえないものだ。

意味や価値は時代とともに移り変わっていくが、文体は、いつも同じリズムや質量で出迎えてくれる。ときに文体は、内容よりも普遍性やメッセージ性を帯びる可能性を秘めているのだと思う。

仕事でコピーライティングをするさい、文体はひとつの手段だと捉えていた。そんなじぶんが「文体しか残らない」なんて言い出すなんて。こどもと一緒に生きることで、まったく新しい扉が開いてしまった。「キエーーッ」という音を轟かせながら。

見知らぬ善意

育休13週目

こどもができると、見知らぬ人から声をかけられることが増える。妻の妊娠中は「男のコ？　女のコ？」。出生後は「何ヶ月ですか？」。そんな一言とともに、電車の席を譲ってもらったり、「がんばってください」と励ましのことばをもらったりもした。

その人たちは、頭で考えて声をかけているのではなく、赤ん坊という存在に対して、反射的にことばを発しているように見えた。

正直に言おう。夫婦ともにけして社交性のあるタイプではないので、戸惑うことも多かった。ありがた迷惑と感じたことさえあった。そんな考えが、色彩を発しながら変わるできごとがあった。

息子が入院していた約2ヶ月間、ぼくら夫婦も病院の施設に滞在していた。

ある日、携帯電話が鳴る。ヤマト運輸のドライバーさんからだった。半年前に申し込んだ、ふるさと納税の返礼品が自宅に届いているとのこと。中身はフルーツらしい。

「こどもが入院していて、しばらく家に帰れず、受け取れないんです」と、ぼくは困りながら事情を伝える。

「わたしの方で対応できるかわからないですが、病院に届けられるかやってみます。もし難しかったらお電話します」。彼はそう話して、住所を確認すると電話が切れた。


翌々日、病院にひとつの段ボールが届いた。箱いっぱいに、ラ・フランスとリンゴがつまっていた。白黒の世界に、突如としてカラフルな色彩が出現したかのような感覚。当時は「いい人もいるものだなぁ」と深く感銘を受けたが、やがて息子が退院し慌ただしい日常が流れる中で、そんなことがあったことも透明に薄れていった。

年末のある日、家のチャイムが鳴る。たまたま妻がオンライン会議中だったので、こどもを抱っこしながら玄関の扉をあけると、若い男性の宅配業者さんが立っていた。

「あっ退院されたんですね、おめでとうございます。ぼくのこどももNICUにいたことがあったんで心配してたんです」。彼が、ラ・フランスとリンゴを届けてくれた本人だったのだ。


後々調べてみると、発送先の変更は「到着前にお客さん自身で変更すること」が原則らしい。つまり彼は、自主的に対応をしてくれたのだ。きっと彼は、頭で考えるよりも先に、口が言葉を発していたのではないか。

「善意」は、頭の中を通ってくるものではない。日常の中で知らず知らず、からだの奥まで染み込んだもので、脊髄がしぜんと反射してしまうもの。いまはそう感じるようになった。

公園で知らない人とすれちがったときに、軽くほほ笑む会釈。エレベーターで開閉ボタンを押し、どうぞと先を譲る気配り。「あなたも生きている」「お元気で」「いい一日を」という事実を、さりげなく交わす挨拶のようなもの。すぐに忘れてしまうが、何も見返りを求めないその微笑たちは、何でもない日常を彩る美しいもの。

思い返せば、今まで声をかけてくれた名前も知らない人たちは、一人残らずよい顔をしていた。ありがた迷惑なんて思ったじぶんが、恥ずかしくなってくる。

見知らぬ人が声をかけてくれるのも、こどもが小さいうちの束の間のできごと。ありがたく全身で受け取ることにしよう。せめて善意の「ぜ」の文字くらいは、身体に染み込むといいなとは思う。じぶんの名前にも「ぜ」がつくのだからさ。

0歳と37歳の季節

育休14週目

息子がエヘエへと声をだして笑うようになった。ぼくは37歳になった。庭に囲まれた家で子育てをしていると、しぜんと季節のうつろいに意識が向く。もし80年の人生を四季にたとえるのなら、息子は春のはじまりで、ぼくは晩夏のもうすぐ秋という時期だ。

息子と暮らしていると、同じ空間を共有していても、異なる季節を生きているような感覚になる。土の中から、限りない数の生命たちが生まれ出ようと、近づいてくる春の足音。そんなあり余る生の鼓動が、彼の身体からは聞こえてくる。一日単位で成長し「昨日までこんなに大きかったっけ?」と驚かされることの連続。

息子の成長は喜ばしいが、ぼくの春の季節はとうに過ぎ去ったものだと思い知らされ、ちょっと切ない気持ちも同居する。

庭のそばで暮らしていると、それぞれの季節のイメージが変化していく。たとえば、地味な印象を持っていた秋冬のイメージが覆された。キラキラと黄金色に煌《きら》めく枯れ草。太陽に温められ土から湧きたつ銀色の蒸気。熟した果実を求めて集まる野鳥たち。夜は暗ければ暗いほど、星の輝きはその明るさを増す。秋にも、夏みたいに輝かしく、春みたいに騒がしい時間が流れている。

心理学者の河合隼雄は著書『中年危機』の中で、「人生の冬のなかに、春夏秋冬を見ることができると、老いが豊かになってくる」ということを語っている。いよいよぼくも、中年への身支度が始まったということか。

さようなら春。こんにちは、秋の中のあたらしい春。息子はもちろん、ぼくだって、まだまだこれから。

ヨコの世界とタテの世界

育休15週目

育児をしていると、コツを発見することがある。そのひとつが、縦に抱くと泣き止むこと。ここ最近は首がすわってきたので、息子の顎をじぶんの肩に乗せて抱える「縦抱き」がしやすくなった。

空腹で泣いているとき以外は、ピタッと泣き止む。もはや「縦に！　縦にしろ！」と泣いているようなときさえある。息子の要求どおり縦に抱いてあげると、目を見開いて周りをキョロキョロしたり、頬をぼくの首にくっつけて暖をとりながら眠ったりもする。

横に寝そべっていると視界の大半を天井が占めるが、縦にしてもらうと見える世界が一変するのが面白くて泣き止むのだろうか。それとも、重力との関係が変わり、全身への力の入れ方が変わることに驚いて泣き止むのか。このヨコとタテの世界の切り替えは、大人ならどんな体験に近いのだろう？　想像を膨らませる中で、「横書き」と「縦書き」による体験のちがいが思い浮かぶ。

じつは、縦書きと横書きの両方が可能な言語は珍しい。日本語はその稀有な言語のひとつ。けれどインターネットに存在する多くの文章は、横書きだ。文字だけでなく、動画サイトの再生バー、あらゆるデジタルサービスを構築するソースコード、ウェブ上のほとんどの情報は左から右に流れている。

横書きの世界は、情報の流れに乗り遅れないよう「先へ先へ」と読み進めていく感覚がある。

対して、小説や詩は、縦書きが多い。じっくり内容を読みたいときや、どっぷり物語の世界に浸かりたいときは、縦書きのほうが適していると、ぼくは感じる。重力による落下速度は、物体の重さによらず一定なように、縦書きには情報社会の流れとは切り離された、一定な時の流れが存在しているのではないか。
縦書きの世界は、じぶんのペースで「奥へ奥へ」と読み深めていくような感覚がある。

横書き、縦書き、それぞれの良さがある。デジタルデバイスとの接触が長く、横書きの世界に偏重しがちな方は、縦書きの世界にも触れてみてほしい。ヨコとタテの世界を縦横無尽に切り替えられるのは、日本語を扱う人だからこそ享受できる特権なのだから。

ただひとつ言い忘れていたことがある。「縦抱き」には欠点もあるのだ。それは、ヨダレやミルクの吐き戻しで、肩がべちょべちょになってしまうこと。滝に打たれたみたいに、Tシャツからボトムスまで汚れることもしばしば。
「キミのために、服は犠牲にするね」。そんな夫婦の決断に対して、まだ上下に頷くことができない息子は、ブンブンと首を左右に振っていた。

育休16週目

夫のことは大切でなくなるか

息子が生後3ヶ月をむかえた日に、妻から打ち明けられた。

「夫のことを大切に思えなくなったらどうしよう、と思ったことがある」

もともと妻は、こどもを積極的に望んでいた人ではなく、妊娠してからもこどもを愛せるか不安に感じていた人だ。その妻が、出産直後から瞬間的に「問答無用にこどものことが可愛い」と変化したのは、ぼくにもわかっていた。写真の共有アプリは息子が大半を占め、ぼくはたまに見切れて登場するエキストラだ。

妻は、机の上を片付けながら話を続ける。

「出産後は、ホルモンバランスも変わるし、そんなふうに思うようにできていると考えるようにした。けれど、夫のことを易々と飛び越える瞬間も出てくる。こどもを守ることに必死で、少しでも気に食わないことがあると『ちゃんとやってよ！』と思うこともあった」

「たとえば、どんなことかな？」と、ぼくは洗濯物をたたむ手を止め、問いかける。具体的には思い出せないくらい、生活の中での些細なことらしい。使ったドライヤーや消臭スプレーを元の位置に戻さないとか、そういう積み重ねのことを言っているのだと思う。ぼくはいつもより丁寧にタオルをたたもうとするが、綺麗に折ろうとすればするほど不恰好さが増し、妻は笑う。息子は、無言でじぶんの拳を見つめている。

「出産から時間が経ってくると、だんだんと冷静になっていく。こどもが、なにが何でも可愛いというわけではなく、あまりに泣いているときは勘弁してよと思うこともあるし、そういや夫も可愛いところもあるじゃんと思うこともある。明確に妊娠前に戻ってるわけではないけどね」。少し間をおいてから、妻は言う。

「本来のじぶんは、夫を大切にしたいということかな?」とぼくが聞くと、妻は、質問に質問で答える。

「嫉妬はしなかった?」

不意な質問に、ぼくも自己探索しながら話していく。

「嫉妬はなかった。息子にとられるというよりも、新しい妻の一面が見えてくることが新鮮だった」

「それは発見!」と妻は目を丸くした。嫉妬が微塵《みじん》もなかったことに、じぶん自身も驚く。結婚して8年目に入った今も、いまだに妻が他の男性と仲良く話していると、もやもやとするような器が小さい男だからだ。

「とりあえず、そこに座って。見てもらいたいものがあるから」

妻はぼくをダイニングテーブルに座らせ、パソコンを開き、何かを用意し始める。突然のかしこまった雰囲気に、ぼくは少し身構える。結婚してから、特にやましい行動はなかったはずなのに、変な汗が出てくる。

息子は、口の中に拳を入れて、クチャクチャと音を出し始めた。

妻は『産後2年間が最も離婚率が高いこと』を表すグラフをぼくに見せ、ゆっくり語りだす。

「わたしは変わったかもしれないし、これからも変わるかもしれない。でもふたりで向き合い乗り越えていくことが大切なんだと思う」。なんだかホッとしたぼくは、一つひとつのことばを胸にいれていく。妻がもう少し何かを話そうとしたとき、息子が泣き出した。

妻は息子のおむつを替え、ぼくは抱っこをしてあやす。

「織くんの半分は、オレなんだから、オレも可愛いんだよ」。とっさに思いついた屁理屈を言うと、妻は鼻で笑った。

じぶんの命より大切だと思えるものが、ふたつもある。妻や息子がぼくをどう思おうと、その事実だけでこの人生は意味があったと言えるのではないか？変化する妻や息子を尊重しながら、その時その時、お互いにとってよいと思う関係を、ジャズの演奏みたいに創造的に見出していこう。結果よりも、その行為じたいに価値があるのだと思う。

「引き続きよろしくね」

一連の会話の最後に、妻はそう言った。愛してるとか大切だとか、そんなことばよりも、信じるに値することばだと感じた。

おっぱいストライキ

育休17週目

昨日までできていたことが、急にできなくなることがある。息子が、哺乳瓶でミルクを飲まなくなった。全身をのけぞらせ、唸るような声を出しながら嫌がる。哺乳瓶に入れたクスリや漢方薬は飲むのに、なぜかミルクだけを拒否する。

つくったミルクを拒否されると、地味にショックが大きい。きっとぼくの内側の奥深くにある母性が傷ついているのだと思う。わが家では、母乳とミルクの混合育児なので、どうにか一日に必要なミルクの量は飲んでもらいたい。ことばが通じないからこそ、知性とクリエイティビティを結集しての総力戦。一つひとつ試しながら解決策を探ることに。

まずは味。ふだんは『ほほえみ』という粉ミルクを使用しているが、ちがう種類の『はぐくみ』や『すこやか』を試していく。けれど、飲ませようとしても舌で押し返してくる。なんども繰り返すと、顔を真っ赤にして、過呼吸になるくらい泣きわめき始めてしまう。この調子では、ほほえみはなく、はぐくまれもせず、すこやかでもない。

次に、タイミングを試す。夕方のお腹がペコペコに空いているときを狙って与えてみるが、飲む気配はゼロ。一日の合計摂取量もガクッと下がってしまう。一時休戦。朝方の寝ぼけている隙を狙い、おっぱいに見せかけて哺乳瓶を口に入れてみる。そうすると多少は飲む。やがてミルクだと気がつくと不服そうな顔をして、痺れを切らすと暴れだす。

しばらくは寝込みを襲うしかない。ぼくは母性に蓋を閉じ、嫌われ役を買って出ようと決意したとき、「哺乳瓶の乳首を温めたら飲んだ」という体験談を、妻がSNSで見つける。ワラにもすがる思いで、人工乳首をしゃぶしゃぶみたいにお湯に浸して哺乳瓶にとりつけ、息子の唇へと運ぶ。

するとファーストタッチの反応は良い。その後も、嫌がるときもあるが、入り口から拒否されることは減った。飲んでいる最中に不穏な気配を感じたときは、乳首をしゃぶしゃぶと温めなおし与える。それを何回か繰り返し、ときに体勢を変えるなどのフェイントも交えながら、最後まで飲んでもらう。

おそらく息子は、舌で感じる乳房のぬくもりが好きだったのだ。母乳に味が近いミルクを飲むさい、人工乳首に温度を感じないと、息子のこだわりが顕著に表出したのだと思う。そういえば最近、何でも手に取って、舌でぺろぺろと舐めるようになった。発達の過程で、舌が敏感なお年頃をむかえていたからこその行動だったのだろう。おっぱいの感触を求めて、息子が起こした立派なストライキ。

ぼくらが「どうしたらミルクを飲んでくれるんだ」と思い悩んでいるとき、

息子は息子で「どうして叫んでもわかってくれないんだ」「何回嫌がれば伝わるの」なんて思っていたかもしれない。

これからも息子が発達する中で、からだやこころが敏感になり、たくさんの障壁と出会うのだと思う。

「前進しているところだけに目を向けるべきなのかもね」とぼくが話すと、「すべてが前進！」と妻は答える。できなくなったこと、できないと新たにわかったこと、それらは人が前進したからこそ生まれる成長の証。そう捉えると、一見ネガティブに思えることも、やさしく包み込めるのではないか。

ある朝、ぼくの頭に現れたウルトラセブンみたいな寝癖を不思議そうに目で追ってくる息子に「ぼくの生え際が後退ぎみなのも、ぼくが前進しているからだね」と語りかけると、台所にいた妻が「そこは踏み留まって」と、ぴしゃりと制した。息子の前進と、妻とぼくの総力戦は続く。

30万年前の足音

育休18週目

２０２２年、子育てにひとすじの科学の光がさした。理化学研究所が、赤ちゃんの泣きやみ、寝かしつけのヒントを科学的に解明したのだ。泣いている赤ちゃんを5分間ほど抱っこ歩きして、眠りに落ちたら5～8分座ってからベッドに運べば、そのまま寝てくれる確率が高くなるという。

その通りやってみると、たしかに寝ることが多い。科学的には、哺乳類のこどもに備わっている「輸送反応」が働き、リラックスするのが要因らしい。こどもが親に運ばれるさい、敵に見つからないよう大人しくなる、生き延びるための本能。

ギシギシシッギシ。古い木造住宅に住んでいるので、歩くたびに床が鳴る。夜明け前、眠気で朦朧としながら息子を抱っこし歩いていると、30万年前にアフリカ大陸に生息していたホモ・サピエンスとじぶんの足音が重なっていく。

ジャングルやサバンナで他の動物や部族に襲われないよう、こどもを抱いて移動していた数多《あまた》のヒトたち。この30万年のあいだに、いくつもの命が失われ、それでも続いてきたのだ。無数の足音で、積み重なってきた歴史を想像すると、じぶんの存在がどこまでも小さくズームアウトされていく。情報やデータとしての歴史ではなく、歴史の内部にとりこまれ、歴史に見られ聞かれているような感覚になってくる。

時は、2023年2月。首相の「育休中の学び直し」発言で、多くの批判の声があがった。ぼくは何か声をあげることもなく、ただ毎日を懸命に歩んでいるだけの人間だ。育児がどれだけ大変か、首相がどれだけ育児を知らないかを議論したところで、だれかを幸せにする一歩を描ける予感がしない。

ただ、子育てそのものが学び直しなのではないかとは思う。大人になってこんなに未知で創造的な体験が、他にいくつあるだろう。またパートナーと協力し合えれば、余裕がない中でもお互いにじぶんの時間をつくれるときもある。性別や雇用形態を問わず、育休を取得したい人が、取得できる環境を整えることは応援したい。

進歩しているのは、科学技術だけではなく、きっと文化もだ。政治家がどんな発言をしようと、この10年で育休を取得する男性は増え、仕事に復帰する女性も増えたのは事実。「どうしたら、よりよく生きられるか」人は迷いながらも一歩ずつ足を前に進め、もしくは3歩進んで2歩下がるを繰り返し、結果的には良い方向に進んでいると願いたい。

バシンッ！　バシン！

息子は最近、両足を宙にあげ、勢いよく床にたたきつける遊びにはまっている。ぼくの足音を打ち消すくらいの力強さだ。
大きな歴史の流れの中では、一人ひとりの一歩はとても小さく、容易にかき消されてしまう無音に近い存在かもしれない。けれど、その流れに、だれも気づかないとしてもちょっとステップを入れてみる、ちょっと向きを変えてみる。一つひとつの個々の意思や日常で、やがて大きな流れが変わっていくのだとも思う。

「なんだか生きるのも悪くないな」と息子が思えるような未来に、じぶんの一歩が少しでもつながっているのなら嬉しい。5年先のことさえ想像もつかない速さで世界は進むけれど、子を想い、抱き、歩くという行為を、人は最後まで手放さないのではないか。いまこの足音は、30万年前の足音であり、きっと30万年後にも鳴り響いている。

考えないことのデザイン

育休19週目

子育て中、いちいち考えていては、やっていられないことがある。たとえば、おむつ替えのタイミング。おしっこをすると、おむつのラインが黄色から青色になり知らせてくれるが、困るのはごく少量のとき。もう少し待ってから交換するか判断に迷う。

もし一日10回、3年間おむつを替え続けるとしたら総計10950回。たとえ数秒だとしても、堆積すると人生の中で何時間も「息子のおむつを替えるかどうか」を考えていることになる。

あっという間に終わる毎日の中で、どうせ考えるのなら「きょうは何をして遊ぼうかな」「どんなことを語りかけようかな」といった、楽しいことや創造的なことに時間を使いたい。だからぼくらは、ちょっとでも青色になったら、すぐに替えるようにした。

「考えてもあまり意味がないこと」を考えないように習慣づけると、脳の負荷が減る。いくつかぼくらが実践している習慣の中で、かかりつけの医師を驚かせたものがある。それは授乳の前後で体重を測り、育児アプリに記録をつけて、追加でミルクが必要なときはその量がわかるようにしていること。医師は「そんなに細かく記録をつけて大変じゃないですか？」と言う。

母乳とミルクの混合育児をしているぼくらにとっては、「どれくらい母乳を飲んだかな？」と考えてもわからないことを考えるよりも、ベビースケールでさっと計測する方がラクなのだ。

「考えないことのデザイン」でラクにできることは何か？　逆に、本当は考えたいことや、考えた方がいいことは何か？　時間も体力も有限だからこそ、いまいちどその優先順位をつけてみると、じぶんらしい日常が過ごせるかもしれない。

最後にもうひとつ、生活が一変した試みを紹介して終わりにしたい。じつは昨年から、ほぼパタゴニアの服だけで暮らしている。半袖、長袖、トレーナーをそれぞれ3、4色ずつ揃えて、年中そのローテーションで回す。

どんな服を買うか迷うこともなくなり、出費もおさえられる。中途半端に服を選ぶよりも、むしろ自己表現につながっているとさえ感じている。まさに理想の「考えない」ファッションシステム。

ただこれにも、ひとつ問題が出てきた。パタゴニアの店舗に服を買いにいくさい、全身パタゴニアで入っていくことに若干の躊躇《ためら》いを感じるときがある。きっと、これこそ考えてはだめなやつだ。

育休20週目

人間がマイノリティの世界へ

3月に入り、少しずつ暖かくなってきたので、外出する機会を増やしている。庭を散策したり、海辺を歩いたり、家の中では味わえない体験へと連れだす。都内に住む人からは、「田舎は子育てにいいですよね」とよく言われる。ただ実際はそんな単純な話でもない。毒蛇やイノシシはいるし、ムカデが家に入ってくることもある。どこかにいくのには車が必要なことも多く、こども一人で行動できる範囲が狭くなることもある。

「子育てには、都会がよいか、地方がよいか？」

そもそもその問いを考えることに、どれだけ意味があるのか。どちらに住んでいても、幸せに生きているこどもはたくさんいる。問いそのものを、翻訳しなおす必要があるのだと思う。

「この世界をどう知っていきたいのか?」

いろいろと思索して、じぶん自身にはこう問いかけるようにした。この問いなら考えてみたくなるし、行動する中で新たな問いとも出会えそうだ。きっと、いい問いとは、何かの答えを導くものではなく、さらにワクワクする新たな問いに導いてくれるもののこと。

養老孟司と宮崎駿が『虫眼とアニ眼』の対談で、こどもたちの視線の矛先が「人間」ばかりに向かう現状に、危機感を示す場面がある。現代のこどもたちは、虫や植物などの自然を含む世界ではなく、人間ごとにしか関心が向かない狭い世界を生きるようになっていると。

令和の小学生が書く作文には、昆虫が登場しないどころか、オンラインゲーム内でのやりとりやＡＩとの会話が描かれ、リアルな生物の話は一切出てこない、なんてこともあるかもしれない。

「この世界をどう知っていきたいのか？」

息子のそばで一緒に生きられる短い期間。まずは大きな世界の方から、人間がマイノリティな世界の方から散策したいとぼくは思う。わかっているだけでも地球上には約１７５万種の生物がおり、人間はその中のひとつの存在。

人間の世界の外側にも、世界が広がっていること。ぼくらには知覚できない世界もあること。もしいつか人間の世界に疲れることがあったとしても、この世界には居場所があること。大地に足をつけて、ふらふらと道草を食いながら、いろんな世界と出会う中で、息子がじぶん自身で冒険したいと思える世界が見つかるといいな。

そんなことを思いながら、息子と庭に出て目的もなく歩く。ポップコーンみたいな白い花をつけた梅木の前に立ってみたり、鳴き始めたばかりのぎこちないウグイスの声を聞かせてみたり、思いつくかぎり刺激を与えてみる。
目を丸くして興味を示すのではないかと想像していたが、これといった反応はない。

ただ太陽の光は眩しいらしく、外にでるといつも目を細める。けれど目を細めながらも、彼は世界を見ている。何が美しいのか、何に心を動かされるのかなんて、だれかに導かれるものではない。じぶんで決めるもの、深めていくもの。外にも世界は広がっている。その片隅を照らすことくらいしか、ぼくら親にはできないけれど、それで十分なのだと思う。

システムの触手

育休21週目

やつらは、顔を変えて生活に忍びこんでくる。

妊娠中から、子育てにまつわる色々なダイレクトメールが届くようになった。幼児教育や英語学習サービス、離乳食のサブスクまで。「このシステムに乗っかれば大丈夫！　ぜんぶうまくいく」といった、聞こえのいいフレーズとともに歩み寄ってくる。

そのシステムたちは、ときにアンパンマン・ミッキー・プーさん・しまじろうなどのキャラクターを広告塔に、顔を装いながら「こどもにいい人生を送ってほしい」と願う親の気持ちを巧みに刺激する。

販促物を手にとってみると、入会金がウン十万するものや、月々の会費もけして安くないものも多い。こどもたちの想像力を解き放つはずの物語のキャラクターたちが、システムの内側に人を飲み込む手段となり、加担させられているようにも見えてくる。

こんなことを書いているぼく自身も、グーグルやアマゾンなどたくさんのシステムの恩恵を受けて暮らしている。利便性は享受しつつも、どうしたら過度に依存せずに生きられるのか。漠然とした不安を抱えている人は少なくないはず。

無料で使えていた便利なシステムが、ある日とつぜん有料となり、じわじわと会費をあげられていく。気がついたときには、そこから逃れる他の手段は失っている。そのような結末は、けしてSFの話ではなく日常にありふれた話。

システムやテクノロジーとどう付き合っていくのか、そのヒントをもらった本がある。2022年に創刊された『新百姓』というインディペンデント雑誌の創刊準備号（0号）で、「パワーツール」「ハンドツール」という考え方が紹介されていた。

パワーツール＝中身がどんなふうに動いているのかわからない、魔法のような道具
ハンドツール＝どういう仕組みでできているか理解でき、定義や改善をじぶんたちでできる道具

パワーツールは「何も考えなくて大丈夫！　面倒くさいことはぜんぶやってあげるから」と仕組みをブラックボックスにして依存体質をつくり、利益を独占的に支配できてしまう。だからこそ人間を依存させる（パワーツール的な）テクノロジーではなく、依存から解放する（ハンドツール的な）テクノロジーを選択していく未来への希望が『新百姓』には書かれている。

何かのシステムを取り入れるさい、ハンドツールかどうかをぼくも意識するようにした。「なおせるのか？　つくれるのか？　他に選択肢を持てるのか？」。

たとえば最近も、こどもの写真をグーグルフォトに保存し続けるのか夫婦間で話にあがったが、他の無料写真共有サービスも併用することで、いざというときに備えて選択肢を増やした。

きっとぼくらの向き合い方しだいで、システムは人を依存させる存在にも、自由にしてくれる存在にもできる。

そして人間にはもうひとつ希望がある。物語やキャラクターたちは、システムをも超える力を秘めていること。広告塔として笑顔をふりまくのが本来の姿ではなく、人に勇気や尊厳を与え、ときに権力や支配に立ちむかう力をも与えてくれるヒーローになり得るのだ。

いまこの瞬間も、息子はアンパンマンが描かれたガラガラのおもちゃに目が釘付けになっている。息子だけではない。ぼくの脳内からもアンパンマンの歌が離れなくなり「愛と勇気だけがともだちさ～♪」と無意識に口ずさんでいると、「友だちいないんだね」と妻が毒をはく。

システムには依存しすぎない方がよいが、好きな物語や頼れる仲間は多い方が、自由に生きやすいはずだ。

父性の役割

育休22週目

その夜、雹《ひょう》が降った。前触れもなく屋根に轟音が鳴り始めたとき、状況が理解できなかった。ぼくは大木が倒れてきたと感じたし、妻は動物の大群に体当たりされていると感じた。それくらいの衝撃音だった。

息子は、驚いて一瞬硬直し、不安そうに妻の顔を見る。

妻が「大丈夫だよ。びっくりしたねぇ」と笑顔をむけると、安心してニコッと笑い返す。息子は異変を感じると、すぐに妻の顔を見る。人が家に遊びに来たときも、掃除機の音が聞こえたときも。妻の表情で、敵か味方かを判断しているらしい。

雹がやみ、家に平穏が戻ってくると、スピーカーから流れてきた『君をのせて』(『天空の城ラピュタ』の主題歌)の歌詞が耳に入ってきた。

「父さんが残した　熱い想い　母さんがくれた　あのまなざし」

母性は、直接的で具象な存在として描かれ、父性は、間接的で抽象な存在として描かれている。今まで何度も耳にしてきたこの歌詞に、疑問が湧く。あれ、父性の役割って何だろう？　母性の役割はイメージしやすい。母のまなざしに見守られながら、こどもは育っていく。けれど「父さんが残した　熱い想い」って、こどものためになるのだろうか。

ぼくなりのひとつの答えは、ご機嫌ななめな息子をあやすため「たかいたかい」をしているときに降りてきた。最近の息子は、未知なものや新しい視界に出会うことに興味を示す。新しい柄の服を着せると、かじるように見るし（じっさいにかじりもする）、特にたかいたかいをしてあげたときは、声をあげて楽しそうにする。

病院から退院し家で暮らし始めたときは、あらゆる新しいことに臆病に見えた。手をぶるぶると震わせて、怖がる姿をよく目にした。産まれてすぐ、大変なことが多かったからかもしれない。そんな息子が、ぼくらと暮らした日々の中で、身体の成長とともに、未知への姿勢も変わっていった。

母性がやさしく包み込む存在だとしたら、父性は未知の世界に踏みだす楽しさや勇気を、身をもって示すことではないか。

生後6ヶ月になる直前に、息子は仰向けからうつ伏せに寝返りできるようになった。仰向けに戻しても、すぐにコロンコロンと寝返りを打って、うつ伏せになる。じぶんでは仰向けに戻れない片道切符なのに、そんなことは気に留めず果敢に挑み続ける。その顔は、冒険にでかける勇者の表情。なぜかいつも背中側に回ってしまうヨダレカケも、まるでマントのようだ。

そんなこどもの成長は嬉しいけれど、同時にちょっとした寂しさも感じてしまうのは、どうやら母性と父性、共通の心情らしい。このままハイハイするようになって、歩くようになって、気がついたら親元から巣立っていく。すべての成長が、ぼくらから離れていくための階段を登っているように思えてきて切なくなる。

けれど、臆病で怖気づいているより、知らない世界へと勇ましく飛びだしていく息子の姿を見ると、やはり嬉しい。親のエゴに蓋をして、うつ伏せで頭を支えきれず床にはいつくばっている息子を、そっと仰向けに戻した。

レモンの木と育つ

育休23週目

庭に大きなレモンの木が生えている。もともとこの土地に住んでいた老夫婦が植えたもので、毎冬200個をこえるレモンが収穫できる。

じぶんたちでは食べきれないので、来客へのお土産にしたり、フリマアプリでお裾分けしたりして、春前までには使いきるようにしている。無農薬レモンは市場に出回ることが少なく、地味に人気がある。極小レモン農家として活動するのが、冬場のちょっとした楽しみになった。

レモンが身近な存在になってから知ったのだが、米国では夏になるとこどもたちがレモネードをつくって売る「レモネードスタンド」という文化がある。おこづかい稼ぎをしながら、起業家精神やビジネスセンスを磨く機会にもなっているらしい。息子がもう少し大きくなって、このレモンの木で自由に遊んでもらえたら、何か大切なことを学べるかもなと漠然と感じていた。

時を待たずして、息子がこのレモンの木で、価値をめぐらせるできごとがあった。ある日、息子を抱いて庭を散歩していると、お隣さんから「これ息子さんに」と、おしゃれなヨダレカケをいただいた。

お返しについて夫婦で話しあい、レモンをあげることにした。さっそくレモンを摘み取り、紙袋に入れて持っていく。お礼を伝えながら手渡すと、「ブロッコリーも獲れたので持っていって」と、大量のブロッコリーをいただいてしまった。

両手いっぱいにブロッコリーをもらって帰ってきたぼくをみて、妻は声をあげて驚いた。お返ししにいったはずが、ちがうかたちになって返ってくる。与えるつもりが、与えられている。このレモンもブロッコリーも、市場に出回ることはなく、経済指標にも換算されない存在なのに、じぶんたちを豊かに満たしてくれる価値あるものに感じた。

その時、息子にレモンの木で自由に遊んでもらいたいと思っていたのは、「ビジネスを学んでほしい」といった理由だけではないことに気づく。

「自然が人間にさしだしてくれるもの」を上手に受け取って、生きる気持ちよさ。自然の側からの無償の贈与があるおかげで、無から有が生まれ、自然から人へ、人から人へ、富の増殖が起きていく豊かさ。人間には、そのように感じることができる情緒があることを、息子と共有したかったのかもしれない。

人間だからこそ持つことができる、自然への回路や情緒があるからこそ、まっとうな経済を回すことも、美しい歌を歌うことも、心を震わすことばを紡ぎだすこともできるのだと、最近は強く思う。

今のぼくはそのように感じているけれど、もう少し大きくなった息子は、どのように感じるのだろう。まあ、レモンの木に何も興味を示さなくても、それはそれでいいと思う。自然は、その年齢その年齢に合わせたことを教えてくれる。

鯉のぼりはなぜ泳ぐ

育休24週目

どちらかといえば、伝統を重んじるよりも、革新を好む人間だ。夫婦ともに成人式は行っていないし、今年ついに紙の年賀状がゼロになったことも、わが家のグッドニュースとして受け入れた。

そんなぼくらでも、お宮参り、お食い初めなどの、こどものための伝統行事は行っている。いよいよ今年5月には初節句を迎える。妻の実家からお祝い金の支援もあり、鯉のぼりと五月人形を飾ることにした。どんなものを買うか調べ始めると、選択肢が多く、選ぶのは地味に難しい。

古臭いものは避けたいけれど、今っぽすぎるデザインも、なんだかありがたみが薄れるような。あれやこれや考えながら選んでいく。そして、どの品物にするかと同じくらい、どこに飾るのかも一筋縄ではいかない。

とくに鯉のぼりを飾る場所を決めるのには時間がかかった。家の外壁に取りつけるか、庭にポールを立てるか、小屋の屋根に引っかけるか。思いつくかぎりの場所を検討した末、室内に飾ることにした。リビングが吹き抜けになっており天井高が7メートル近くあるので、その構造を活かして2階から1階へ垂らすことに決めた。

家に届いた鯉のぼりをさっそく飾ってみると、とても清々しく、気持ちいい風が吹いているように感じる。

「鯉のぼりって、100年後もあるのかな？」

天井から垂れる鯉のぼりを見上げながら、そんな話になった。そもそも鯉を宙に浮かばせ、竜になって天へ昇っていくような成長や出世を願うこと自体が、なかなかの理屈だ。それでも江戸時代から令和まで、鯉のぼりは300年以上も泳ぎ続けてきた。

「残すべき伝統と、変えていくべき伝統のちがいって何だろう?」

夫婦で話しても、ますますよくわからなくなっていき、鯉のぼりを飾った気持ちよさだけが空間に漂う。ぼくらの両親は、どう考えていたのだろう。ふと気になって妻の母に聞いてみると、こんなメッセージが返ってきた。

伝統とか宗教とか文化とか習慣みたいなのって
参加自由な集団みたいな感じ　クラブ活動みたいな
でもたくさんの意識が集まっているから
それなりのなんらかの力みたいなものが存在してる感じ
これ答えになってる?

妻の母は詩人のような感性を持っており、「そんな感じ方があるのか」と視野を広げてくれることが多い。息子がＮＩＣＵに入院していたときも、「みんなそれぞれ自分だけの物語の始まりがあるねぇ」ということばに、どれだけ心が救われたことか。

鯉のぼりや五月人形というモノ自体に価値があるのではなく、その参加自由な集団に身が入っていく行為に気持ちよさが生まれ、理屈をこえた「なんらかの力」が働くこともある。義母のことばに触れて、そのように感じた。

理屈や強制でないからこそ、長い年月をこえて受け継がれていき、力を持つことがある。扇風機でゆらゆらと動く鯉のぼりを眺めながら、「人間は理屈じゃ動かない」これって、人間だから持つことができる複雑さであり、救いでもあるよなと嬉しくなった。人を動かすことばをつくるのを職業にしている、じぶんが言うのも変かもしれないけれど。

母語を贈ろう

育休25〜26週目

「てん てん てん てん ででん」息子はこのフレーズを聞くと、エヘエへへと声を出して笑いこける。

じつはこれ、赤ちゃん向け絵本『にこにこ』で、てんとう虫が登場するシーンのオノマトペ。最初は何がそんなに面白いのかわからなかったが、読み聞かせるたびに笑うものだから、だんだんとぼく自身も心地よい音だなと感じるようになった。

こどもが生まれる前は、漠然と、英語を話せるようになる環境で育てたいと思っていた。けれど、息子に絵本を読み聞かせていると、「日本語ってうつくしいなあ」と幾度も感心させられる。色とりどりなオノマトペや、日本の風土をテーマにした童話などを原文で味わうことができるのはジャパニーズネイティブの特権だ。
もし英語がマイナーな言語なら、こどもに学ばせたいと思う親はどのくらいいるのだろう？　母語よりも、経済力のある国のことばを競うように幼児教育する状況は、強国が従属させた国の公用語を変えようとすることと、さして違わないのではないか？　そんなとりとめのない思考が頭をめぐる。

ぼくは、日本語を息子に贈ろうと決めた。
一緒に暮らすことで、自然とそう思うようになった。生き抜く手段としての言語よりも、ことばそのものの楽しさを伝えたい。「LとR」の発音を聞きわける耳はギフトすることはできないが、ことばをうつくしいと感じることや、じぶんでことばを紡ぎ出すことの面白さなら、全身を使って共有できるはず。

世界中のマイナー言語を研究している言語学者の伊藤雄馬さんは、集英社が発行する言論雑誌『kotoba』（2022年秋号）の中で「ネイティブとは、詩をつくれること」と独自の定義をしている。ことばで交流したり、相手を行動させたりすることを超えて、詩をつくれることはその言語の立派な成員になる行為だと彼は言う。

広告業界では、作者の独りよがりで何の行動変容も生まないことばのことを「ただのポエム」と批判する人がいる。ぼく自身も、そのことに違和感を持つこともなく生きてきたが、むしろ今は「いい詩人がいない国は滅びるのではないか」とさえ思うようになった。

世界に7000以上ある言語のうち、今世紀中には半数以上が消えてなくなると予想されている。一つひとつの言語には、その言語ならではの感じ方、考え方、うつくしさがある。そこに、ますます人口が減っていくマイナー言語のひとつである日本語を母語にする意味が、あるのではないか。

コミュニケーションだけがことばの役割ではないと、まだことばが話せない息子から教わった。そして、新たな目標も芽生えた。息子が大きくなったときに「日本語が母語なのも悪くないな」と感じられるようなことばを、ひとつでも多く書きたい。「てん てん てん てん ででん」とぼくは、ちょっとしたライバル関係になった。

家族とクラフト

育休27〜28週目

子育ては、たくさんの手仕事でできている。洗ったり、拭いたり、撫でたり、畳んだり。家族を育むことは、じつはハンドクラフトな行為だ。その中でもお気に入りは沐浴の時間。ひとつも直線がない赤ちゃんの身体に、手を這わせて洗っていく気持ちよさがある。

水を使う仕事が増えたからなのか、人生で初めて手が荒れる経験をした。ピリピリと痛むが、同時に嬉しさのようなものが込み上げてくる。子育てに参加できている事実を、指先に感じられたからだろうか。いや、もっと手の奥深いところから湧きあがる感情のようにも思えた。

2年前に移住した外房には、手仕事を生業にしている方がたくさん暮らしている。農家、酪農家、パン職人、陶芸家、百姓的な生き方を実践されている方など。彼・彼女らの中には、手を動かしつくる行為によって、物事の本質が見えてくるというような話をする人がいる。

パン職人はパンをつくることで発酵の世界を、陶芸家は陶器をつくることで土の世界を、スプーン作家は匙をつくることで木の世界を探究しているのだと。こどもが何でも手で触ってみることで、一つひとつ世界を理解していくように、人が手で何かをクラフトすることは、物質世界を探究し理解していく方法でもあるのかもしれない。

ではぼくは、コピーを書く仕事で、何をクラフトし何の本質を探究しているのだろう、と考えたことがあった。ことばをつくることで、意味や概念をつくってはいる。それもひとつのものづくりだとは思う。

けれど身体性を伴ったクラフトではないため、外房でさまざまな手仕事をしている人たちがいつも輝いて見えた。息子が今のぼくの働く姿を見たら、「いつもパソコンをしているお父さん」と思うにちがいない。

「イテテテ」

ピリピリと手が荒れた痛みに、嬉しさを見出したのは、知らぬ間に風船みたいに腫れ上がっていた手仕事へのコンプレックスに穴があいて、じぶんなりのクラフト世界の入り口が見えたからだった。

そうかぼくは、ことばをつくることで、家族というコミュニティをクラフトしたいのだ。だれに頼まれたわけでもないこの育児エッセイを書き続けられているのも、家族を耕すような、土から生まれるようなことばをこの手で育ててみたいからではないか。

手仕事や生産者に憧れを抱く人は、じつは都市のビジネスパーソンにも少なくないはず。そういう人こそ、こどもという自然にふり回されながら、手を動かし家族を育んでいくことは、身体性を取りもどすケアとしての側面もあると思う。ヘロヘロに疲れ果てるときもある重労働なのに、なぜか大人のほうが癒されていることもあるのだ。

3人で散歩しながらそんな話を妻にしていると、偶然ふたりの手があたり手を繋いだ。数ヶ月ぶりだった。妻は「わたしの手、カサカサで嫌だなあ」と言うが、家族をクラフトしているうつくしい手だと感じた。

人の内にある怪獣

育休29〜30週目

生後6ヶ月を過ぎてから、夜泣きが始まった。体重は出生時から倍になり、感情もどんどん豊かになった。機嫌が悪いときは手や足を床に叩きつけたり、親の顔を引っ掻いてきたり、まるで怪獣みたいに暴れることもある。

いまだ不快や不安をことばで表現できないにしても、「そんなに泣かなくてもいいのに」と嫌気が差すくらい暴れ倒している息子を見ると、人にとって暴力性はとても根源的なものだとわかる。人の内面にはもともと怪獣が存在しているのだ。

そして暴力性は、人から人に伝播することがある。こどもが暴れているときこそ、感情に飲み込まれないようじぶん自身に言い聞かせているのだが、親にだって心に余裕がないときくらいある。ある夜、どんなにあやしても泣き続ける息子を前に、手で口を塞いでしまおうか、激しく揺さぶってしまおうかと、一瞬、頭をよぎった。

実際には手を出さなかったし、おそらくできない。けれどその闇は、いつもの日常と深い溝で隔たれているが、一寸先には確実に存在しているもの。やがて息子が落ち着きをとり戻し、家庭に静寂が戻ってくると、なんてことを想像してしまったのかと罪悪感をおぼえた。

妻にそう思ったことがあると打ち明けると、感情自体はわかると言う。じぶんの内にある暴力性をなかったことにするよりも、あるとあっさりと認めてしまい、暴力性の健やかな表現の仕方を探るほうが、ぼくにはずっと気楽に感じる。

無理やり押し込めてしまうと、ひょんなことから暴力性の行き場を失った怪獣たちが暴れ出し、だれかを攻撃するような、まちがった表現に向いてしまうことがあるのだと思う。ぼくは暴力性のしっぽのようなものがさわさわと胸をくすぐり始めたら、庭に出ることにした。

ガーデニングは、創造的である以前に、じつは破壊的な行為で満ちている。バッサリと枝を切断したり、大量のナメクジを殺したり、増え過ぎた球根を根こそぎにしたりする。破壊的になることが許され、むしろ必要とされ、庭が成長する過程に埋め込まれている。

庭仕事をした後は、人の内にある暴力性やあらゆる異物な感情が土壌に飲み込まれ、まっさらに取り除かれ、同時に新たなエネルギーが加えられている気分になる。人の暴力性が、庭を通して、新しいエネルギーに変換されていく。

ふと「家庭」という文字に「庭」ということばが入っているのは、人間関係の中に閉じず、ひらかれた場であることの大事さが込められているのではないかと思った。じっさいに庭があるかどうかはさておき、庭的な存在が、家族には救いになる。人と人の間では昇華できないふつふつとした感情を飲み込み、新たなエネルギーに変えるような庭的な存在が。

　ぼくにとっては、こうして育児の合間にエッセイを書く行為も、さまざまな感情をことばの種として蒔き、どう育っていくのかを見守るような、庭的な存在のひとつになっている。


　春が過ぎ去った庭は、たくさんの草花と鳥で賑わっている。何百ものスイセンの球根を引き抜いた土壌には、どこからかやってきたイモカタバミという花が咲いた。息子はある日突然、ズリバイができるようなった。じぶんで移動して積み木を壊したり、障子をやぶったり、見える景色をはちゃめちゃにしている。

　それも彼らしい暴力性の健やかな表現方法だと思えば、可愛いものだ。もっとやっちゃえと見守っていると、瞬く間にリビングの障子がビンゴカードのリーチ状態になった。ズリバイをしながらお尻をあげた姿なんて、見た目も四足歩行している恐竜そのもの。なんてワンパクで、愛らしい恐竜なのだろう。

空を飛べる人

育休31週目

「まだ空を飛べるんだね」と妻は言う。

息子は生後5ヶ月になる頃から、飛行機がブーンと飛ぶような姿勢を頻繁にとるようになった。うつぶせの状態でお腹を支点に頭を高くあげ、両手を横に広げて空中をブーンと飛ぶような動き。

ときに「おぁーぅ」「おぁーぅ」と雄叫びをあげながら、脚をカエルみたいに屈伸させて、気持ちよさそうに空を泳ぐ。ズリバイやハイハイをする前に現れる動きらしいが、本当に空を飛んでいるかのよう。リビングで窓辺でぼくのお腹の上で、家中の至る所でブンブーンと空を飛ぶ。

「まだ空を飛べるんだね」

その妻のことばで、こどもはまだ何もできないのではなく、固定観念から解き放たれ何でも自由自在にできるスーパーマンに見えてくる。

こどもは遊ぶことも歩くことも話すことも、人を好きになることも、最初から知っていたかのように、いつのまにか身につけていく。大人がこどもに何かを教えるときは、邪魔していることのほうが多いのかもしれない。教えようとするときほど、大人が「できない」と思いこんでいることを、押し付けてしまっていることもある。


どうしたら、邪魔しないで生きられるのだろう？

こどもがこどもらしくいられるように、それを大人が邪魔しないように、じぶんもこどもらしくなりたいと思った。息子が産まれた当初のほうが、しっかり守らなくてはと親としての自覚を強く持とうとしていた。けれど息子と一緒に暮らすのが当たり前になってくると、じぶんが親であるという感覚は無色透明になってきている。

なんでそんなに夢中になれるのか、好奇心を持てるのか、天真爛漫なこどもに感心させられることばかり。立派な親であろうとするよりも「じぶんも、もっとこどもらしくいないとなぁ」と心に抱くようになった。

生後7ヶ月を前にズリバイができるようになり、少しずつ飛行機ブーンの姿勢は減っている。でも、じぶん次第で空を飛べることや、何でもできるってことを失わずにいてほしいなとも思ってしまう。ひょっとして、いまのぼくでも大人の鎧を脱ぎ捨てれば、息子のように空を飛べるかもしれない。

畳に移動し背筋を伸ばして立つ。膝を曲げ、重心を低く構える。身体中のバネというバネを利かせ、垂直に飛び立つ。ブーンというよりは、バタバタバタと不恰好な飛行だけど、いつもより空に浮いているような感じがする。それを見ていた息子は、「エヘエヘヘエヘヘヘ」と壊れたおもちゃみたいに笑う。彼には、どんなふうに見えているのだろう。

息子の笑い声以上に、ぼくの膝がぐらぐらと笑ってしまう。8キロを超えた息子を昼夜抱っこしている膝は、空を飛ぶにはガタがきていたようだ。短い空中飛行は終わりにし、そっと体育座りの姿勢へとソフトランディングした。息子は瞳をキラキラとさせて、しばらくの間、ぼくを見ていた。

こどもの痛みにどう向き合うか

育休32〜33週目

男性にこそ立ち会ってもらいたい場面がある。それはこどもの予防注射。0歳は、ヒブ、小児用肺炎球菌、B型肝炎、4種混合などまさに注射のオンパレード。毎月のように小児科のお世話になる。

今のところすべてに立ち会っているのだが、生後2ヶ月で受けた最初の予防注射がもっとも衝撃を受けた。一日に4本も注射を打つ日で、冒険の初日にラスボスが登場するみたいな修羅場。今でも鮮明な映像としてそのシーンを再生できる。

診察室で医師と向かい合い、息子をじぶんの膝の上に乗せ、両太ももに注射を打っていく。1本目を打ったときは、息子は何が起きたかわからない様子。

キョトンとした顔をしていたが、数秒ほど経つと痛みに気づき、堰を切ったように泣く。2本目を打つと、その泣き声は倍々に大きくなっていく。
3本目は、もう片方の太ももに打つ。「痛っ」。針が息子の肌を刺した瞬間、なぜかじぶんの痛覚でも痛みを感じる。親子の混乱が絶頂に達しそうな状況で、ダメ押しの4本目。接種後は、抱っこしてもしばらく泣き止まず、帰りの車中では魂が抜けた顔をしていた。バックミラーに映ったじぶんも、そっくりな表情になっていた。

男性は、つわりの辛さも、出産の痛みも感じることはできない。分娩にも立ち会ったが、痛みを感じる隙もないくらい壮絶で、ただただ妻子の無事を祈ることしかできなかった。けれど、こどもの予防注射は、じぶんの痛みとして感じた。こどもがじぶんの身体の一部のように、じぶんの輪郭が変容してしまったことを知った。

そんな予防注射も、回数を重ねるたびに少しずつ慣れてくる。

「子にとってネガティブなことは、共感ではなく理解にとどめるとよい」。息子が全身チューブだらけでＮＩＣＵに入院していた期間に、医師からもらったアドバイスも役に立った。「痛いの怖いねえ」と共感するのではなく、「痛いのはわかるよ。けれど、もっと痛いことが起きないように大切なものなんだよ」と理解にとどめる。

その成果もあったのか、こどもの痛みについて、じぶんの痛みとして感じる感覚は薄れていった。息子もだんだんと強くなったようだ。生後６～７ヶ月で接種したＢＣＧと日本脳炎のワクチンは、まったく泣きもせず、へっちゃらな顔をしていた。医師から「強いねえ」と驚かれるくらいだった。なんだか褒められた気分になり、息子に「すごいねえ」と声をかけて一緒に喜んだ。

めでたしめでたし。でも、ふと考える。こども自身は痛みにどう向き合えばいいのだろう？

大人は、痛みをじぶんの人生にとって良いように意味づけし、消化することができる。病気になったときは「健康のありがたみがわかる」と生活を改善するきっかけにできるし、息子の甘嚙みが日に日に痛くなってきているのも、成長の証だと思えば快楽に変わる。けれど、こどもは何の痛みなのかもわからないまま、物語にしようがないまま、なんども耐えているのだ。


人生には、すぐには意味づけできない、どうしようもない痛みも存在するのだと思う。ことばにしようとすると嘘になってしまうものが。そもそも痛みは、とても個人的なもので、物理的には他人に共有できないものだ。

では個に閉じられた痛みたちは、なす術なく、人を孤独に向かわせるものかと言われれば、そうでもない気がする。たとえば震災による被災者の苦しみは、体験していない人が、その痛みを理解することは難しい。けれど、軽々しく理解できないからこそ、理不尽で物語なんかにできないからこそ、人と人が助け合い、人が強く結びつくポジティブな力になることがある。

だれにもコミュニケーションすることができない痛みから生まれる、コミュニケーションやつながりもある。それは、ひとつの希望だと思う。


ぼくは、こどもが痛がる声や表情を、じぶんの耳と目で無力なまま受け止めることにした。本人の恐怖や痛みは、けして理解はできないが、こどもの横にそんな大人が存在していたという事実。そこに生まれることのあるつながりが、ことばにならないコミュニケーションが、いつか息子本人にとって意味を持つこともあるのだと願う。

息子の予防注射は、親にとって家族のつながりを痛感する機会であり、こどもへのネガティブなことに向き合う耐性をつける時間でもあった。

ことばにする前のみずいろ

育休34〜35週目

息子にはお気に入りのおもちゃがある。みずいろの渦巻き模様が描かれた円柱の積み木。ぼくら夫婦は、ウズマキ君と呼んでいる。数ある似たような積み木の中で、執拗にウズマキ君ばかりを手にとる。

こっそりと小さな実験をした。ウズマキ君だけを隠し、青緑色で同じような模様が描かれた積み木を目立つところに置く。色は少し異なるが、見ようによってはみずいろにも見えるので、ウズマキくんと勘違いして手にとると想像した。けれど、しばらく待っても一向に興味を示さない。

試しにウズマキ君に置き換えてみると、すぐに両手で抱き抱え、笑みを浮かべる。人は色の名前を知る前から、色を識別できるし、好みもあるらしい。むしろ「みずいろ」ということばを知らないからこそ、目の前にある存在そのもののの色を感じているのかもしれない。

大人だったら「空はみずいろだよね」とことばにした途端、想像上にあるみずいろが空の色となり、ありのままの空の色が見えなくなることがある。息子が好きなのは、みずいろではなく、ウズマキ君が発する色。みずいろという概念に縛られず、ことばにする前のそのものを見ている感覚は、なんだか羨ましくもある。

息子を見習い、ことばを外して日常を過ごしてみることにした。でも、いざやろうとすると中々にむずかしい。すぐに身体からことばが出てきてしまい、既知のイメージで世界を見てしまう。先日、久しぶりにケンタッキーを食べたときも、チキンを口に運ぶ途中で「うまい！」と先に声を出していた。

そんな頭でっかちなぼくでも、ことばが外れやすい瞬間がある。毎日ひとつずつ、あたらしい食材を試していく離乳食の時間。はじめての食材を口に入れたとき、息子は身動きを一瞬止め、どんな味かを吟味することに集中する。まだ食材の名前も、味覚や食感を表すことばも知らないから、ことばにする前の感覚で味を確認していく。

息子が口の中に未知の食材を入れ、飲み込む前の沈黙。その何秒かの無言状態は、ぼくの体内からことばが溢れでそうになるのを、喉元あたりでいったん止めてくれる時間でもある。彼の新鮮な反応に触発され、じぶんも改めてその食材をはじめて食べるような感覚に誘われる。

「お米って、イメージしてるよりも、むちゃむちゃと粘り気があって甘い」「イモは、もしゃもしゃして喉につっかかるな」「白身魚は、ボロボロと固形物感があって独特な臭みがある」。息子がそう感じているかはわからないが、彼の反応を通してじぶんが思い込んでいる世界がちょっとずつ変化していく。離乳食後は、白米は甘く感じ、スイカにはさらに歯応えを感じる新たな日常を生きている。

こどもと一緒に生きることは、ことばにする前の日常と、もういちど出会い直せるチャンスで溢れている。ことばから離れることは、その人ならではの世界の感じ方を育て、結果的にその人自身のことばの根っこを育てる行為でもあると思う。

そういえば、冒頭にウズマキ君について書いたが、対照的に苦手なおもちゃもある。ぼくの両親から送られてきたアンパンマンのキャラクターが描かれた大きなボール。何日間もリビングに置いたが見慣れないらしい。近くに寄せると、危ないものを触るかのように指先で触れ、見えないところに放り出してしまう。

息子にはどう見えているのだろう？　ことばを外してアンパンマンのおもちゃを見ようとする。球面にはアンパンマンのさまざまな表情がぎっしり描かれた、曼荼羅のようなデザイン。原色と原色がうずまく様相は、物静かなウズマキ君の存在とは対照的だ。息子よ、きっと君の感覚は限りなく純粋でまっとうだ。

チェーン店ができない町で

育休36〜37週目

人口が5万人いかない町には、チェーン店ができにくい。あくまで肌感だけれど、外房に住んでいると5万人がひとつのラインだと感じる。

ぼくが住んでいる一宮町は1・2万人。隣接するいすみ市でも3・7万人。Uberはないし、宅配ピザも圏外だ。ピザーラやミスタードーナツを食べたいときは、車を30分走らせ、茂原という外房の主要都市まで出向く必要がある（といっても人口8万人ほどの田舎町なのだが）。

チェーン店が少ないぶん、独創的な個人店が多く生息している。たとえばパン屋だけでも千差万別。フランスの料理教育機関ル・コルドン・ブルーを首席で卒業したパン職人さんによる『ラトリエ・ソフィ』、夫婦で移住し起業されているドイツパンとケーキの専門店『Punkt』、さまざまな天然酵母を起こすところからパンをつくる『人舟《いせん》』。挙げれば枚挙にいとまがないくらい個性的なお店がある。

都会よりも固定費がかからないので、尖ったビジネスを追求しやすいのだろう。営業形態もさまざまで、土日しか営業しないお店や、自宅の一角を店舗にしたスモールビジネスも多々。お子さんを育てているお店は、夕方に「送り迎え休憩」みたいな休み時間もあって微笑ましい。

東京にも好きなお店はあったけれど、田舎で暮らすと、ひとつのお店が人生にとって大きな存在を担っていると気づかされる。「このお店がなくなってしまったら、ぼくの日常も町の風景もがらりと変わってしまうなあ」と心から思えるお店がいくつもあるのだ。

また、小さなこどもがいると外食や買い物からはどうしても足が遠のくが、店主が柔軟に対応してくれる個人店には、気軽に足を運びやすいのも良いところ。マニュアルにあるような画一的なサービスではないので、予測もしていなかったやりとりが生まれることがある。

ドイツパンとケーキの専門店『Punkt』に、息子を抱えて2週連続でサンドイッチを買いにいったときは、店主が「おかえり」と出迎えてくれた。そんなことを言われたのは、学生時代に行った秋葉原のメイド喫茶以来。

先日、オーガニックショップ『いすみや』に足を運んださいは、「田舎でのびのびと子育てをしている夫婦の感じが出ていてよいですね」と店主に声をかけられた。

その口調がやさしくて、あたたかい気持ちになった。自宅に帰ってから、改めて「どういうことなんだろう?」と夫婦で話す。ぼくは半袖半ズボンで夏休みの少年みたいな出で立ちで、妻はぼくのTシャツをゆるく着こなし、ラフな格好をしていたからかなと話していると、ふたりの会話を遮る声がする。

「ピーヨ、ピーヨ」。家のすぐ横に、鳥が巣をつくったらしい。

本棚にあった野鳥図鑑を広げてみると、ヒヨドリだということがわかった。その時、「鳥の名前ひとつ知っただけで、幸福になっているじぶん」を発見して、のびのびとはこういうことかもしれないなと思った。道ばたの草花、空に舞う鳥や昆虫、息子にはじめてできた背中のほくろ、ひっそりと佇む小さな個人店。人はのびのびしていないとその存在たちをいとも容易く見逃してしまう。

時たま起こるすばらしい幸運よりも、日々に起こる小さなことから生まれる幸せ。些細なことから、折に触れ浮上する好奇心や知識欲、驚きや感動。そのどれもが、のびのびとボーッとする心の土壌がなければ生まれない。

ただ、子育てだけでもあっという間に一日が過ぎるのに、ついついいろんなことに手を出してしまうじぶんもいる。バタバタと忙しなくしていると、息子はぼくの顔色をよく窺う。そういうときは申し訳ない気持ちになる。こどもが安心してボーッとできるくらい、のびのびと心の余裕をもっていたいなと思う。
ついつい忙しくしてしまう貧乏性なのだけれど。

育休38〜39週目

おれ－5キロ＝おれ

いつの間にか5キロ痩せていた。久しぶりに会う人からは「痩せましたね」と声をかけられる。ビデオ会議の画面越しでもそう言われるので、見た目にも変化があったのだと思う。けれど、ダイエットをしたわけでも、特別な運動をしたわけでもない。

おそらく食事が変わったからだ。妻は授乳期から栄養バランスを心がけるようになり、息子の離乳食を始めてからは、さらに緑黄色野菜や魚を食べる量が増えた。鍋や電子レンジで温めてすぐに食べられるような、時短でつくれる食事を中心にしながらも、栄養はしっかりと摂るレシピのレパートリーが豊富になった。

たとえば忙しい朝にインスタント味噌汁を使うときは、出汁粉や切り干し大根などを入れて、カルシウム・亜鉛・鉄も摂るようにする。そんなちょっとした工夫の積み重ねで、いつのまにか体重が減っていったらしい。

変わったのは、食事だけではない。洗濯事情もスリムになった。洗濯機を縦型からドラム式に買い替え、すぐ横にランドリーラックをつくった。毎日、干す・畳む・仕舞うを繰り返していたが、今ではドラム式洗濯機に入れる・乾燥したらそのまま棚に放り込む、というシンプルな動作に置き換わった。

そういえば庭も変わった。隣家との境に高低差があり、これから息子が歩き出すと危険なのでウッドフェンスを取りつけた。また水深が1メートル以上あった溜め池も、きれいに土砂で埋めた。そこには、まるで最初から植わっていたかのようにすぐ草が生え始め、キョンや猫の足跡がついている日もある。

ぼくの体重も、家も庭も生態系さえもトランスフォームしていく。そのすべての変化は、たったひとりの人間がそこにいたから。まだ会話もできない、歩けもしない、ひとりではご飯も食べられない息子。でも彼という存在が、まちがいなくこの世界を変えている。今この瞬間も。

人がそこに存在する。ただそれだけでも、だれかに影響を与えてしまう、世界に変化を与えてしまうのだと気づかされる。みずからの存在意義を表した肩書きやパーパスなどを掲げなくとも、その人の存在そのものに、生きているという事実にすでに意味があるのだ。

それはきっと息子だけではない。じぶんがいることでも、否応なくだれかの人生に影響を与えてしまっている。そう思うと、一つひとつの出会いや一つひとつのことばを、もっと大切にしたくなってくる。

「痩せましたね」と言われるたび、しっくりくる返答ができず、毎度どぎまぎした時間が流れてしまっていた。けれどじぶんの存在が、その人に、この世界に影響を与えている。そう思うようになってからは、「5キロ分、世界を広くしておきました」と答えるようにした。

キツネにつままれたような反応をされたこともあるが、その一挙一動だって息子がいなければ生まれなかったものだと思うと、悪い気はしない。

頭・心・手・口のかけくらべ

育休40週目

頭　心　手　口
この世に生まれでてから　よーいドンでいっせいに走りだす
抜きつ　抜かれつ　4選手のかけっこの順位は
ひとつひとつ歳を重ねるごとに
たえまなく入れ替わっていく

手　心　口　頭　の順でのこのこ歩く
0歳の息子をみていると　すぐに手がうごく
あれもこれも触りながら　きどあいらくの心が芽生えていく
ことばはまだ話せないけれど　口をぱくぱくさせながら
きもちいい音を探っている

頭はたけのこみたいに　じっくり根を張っている

心　口　手　頭　の順で飛びまわる
10代の思春期を思い返すと　心ばかりが先へいく
ことばは覚えて口だけは一丁前
けれど心に頭が追いついていなくて
じぶんの気持ちを消化できないときは
おもわず手がでてしまう　頭の中はまだまだ根を張っている

頭　心　手　口　の順で突きすすむ
20代で社会人になると　頭が心に追いつき
じぶんはなにものなのか　どこへ向かうべきなのか
頭でっかちにもがき悩みながら
ひっしに手をうごかし　仕事をおぼえていく

ホンネを口にだすことは　だんだん慎重になっていく

口　頭　心　手　の順で駆けていく
30代で一人前になってくると　ペラペラと口が先走る
「理由は3つあります」と言ってから
追いかけるように頭で考え　うまく話せたときは
じぶん自身にびっくりしたことも
心よりも先に　口がうごく　頭がうごく
そのぶん手をうごかすことは　だんだん減っていく

手　心　口　頭　の順で進んでいく
40歳手前で父になると　どんなに頭でかんがえても
わからないことばかり　手をうごかし　心をうごかし
こどもにゆっくり語りかける

頭ではわからないことも　そのまんまの姿で
抱きしめられるようになる

この先もかけっこの順は　入れ替わっていくのだろう
もしもからだが　ちぐはぐな方向にゆこうとして
じぶんのからだが　じぶんでないような　気がしたときは
全身の声を聴いてみることにしよう

頭が選ぶことばだけでなく
心が欲しがることば　手が触れたくなることば
口がきもちいいことば　いろとりどりなことばたちを
食事のように全身で受けとり　巡らせていくこと

やがて　頭　心　手　口をつなぐバトンとなって

その年齢その年齢にあわせた
あたらしい平衡状態へと導いていけるはず

子育てに短編小説を

育休41週目

映画『シン・ウルトラマン』を見終えるのに、半年もかかった。息子と家で暮らすようになってから鑑賞し始めたのだが、テレビの前に夫婦が揃う時間はそうそうとれない。やっとのことで上映にたどりついても、怪獣の鳴き声や足音は不安をあおるらしい。隣の部屋で寝ていた息子が起きてしまい、あっけなく幕が閉じたことも。

テレビや映画を見る機会が減ったぶん、短編小説を読むようになった。ほとんど小説を読んでこなかった人生なのだが、子育てと短編小説は息が合う。30分もかからず気軽に読めるものが多く、また紙の本なら音も光も発しないので昼夜問わず楽しむことができ、広告に追いかけられないのもありがたい。

新潮文庫の『日本文学100年の名作』シリーズなど、いろいろな作家の作品を楽しめるアンソロジーが、とくにお気に入りだ。24時間ずっと地続きな子育ての中で、父親やじぶんという役割から解放され、千差万別な世界へと連れ出してくれる。小説はけして不要不急なものではなく、忙しく現実に向き合っているときほど、物語でしか癒せない領域があるのだと知った。

いつも通りにバタバタと日常を送っていると、ある日突然「物語の効用」を実感させられる物語の中にいた。

——5月のよく晴れた日の昼下がり。

「今から、母さん来ていい?」。唐突に妻が聞いてきた。「え、今から?」。ぼくは反射的に聞き返す。

「うん、ふと思い立ったみたい」

なんと静岡から、ひとりで運転して来るという。ぼくらが住む外房まで300キロはある。今までも何度か来ようと思ったことはあったが、考えだすと動けなくなってしまったらしい。義母とは、こどもが生まれる前に同居していた時期があったのだが、こどもの顔をまだ直接見せられていなかった。
「やった！」ぼくは身体が飛び上がっていた。けして義母に気を遣ったわけではない。なんでもない日常に、前触れもなく非日常が入り込んできたことに、無性に心が躍っていた。でも、ほんとうに来るのか？　どちらに転んでもよいように部屋を少し片付け、ふだん通りに過ごすことにした。

すっかり日が暮れ、時計は20時をまわる。到着予定時刻を大幅に過ぎ、とうに息子は寝ていた。妻の携帯が鳴る。
「カーナビでは近くまで来てると思うんだけど、山の中みたいなところに迷いこんでしまったみたい」。ほとんど街灯がない住宅地なので、ぼくは家の外に出てスマホの光を照らしながら探索に向かう。

暗闇にポツンと光るヘッドライトを見つけたときは、深海でアンコウ同士が出会えたみたいで、しぜんと笑えてきた。義母は開口一番に「遠かったあ」と安堵の息を漏らす。

荷物をおろし一段落ついてから「で、いつまでいるの？」と妻が尋ねると、「何も決めずに来ちゃった。晴れている日に帰ろうかな」とつぶやくように言う。

予想外の返答に、「なんだか小説みたい」と妻はツッコミを入れ、3人の笑いがこぼれる。ぼくも非日常な物語の中にいる感覚を楽しんでいた。

義母には、2階の屋根裏部屋みたいな場所に寝てもらった。息子は驚いたにちがいない。朝起きたら突然、知らない人が現れたのだから。けれど〝屋根裏暮らしのばあば〟に、息子はよく懐いた。

唐突にやってきて、いつ帰るのかもわからない義母。その行方は太陽にしかわからない。ご飯を食べたりオムツを替えたり散歩をしたり、ごくふつうの日常を過ごしているのに、じぶんたちがどうなっていくのかわからない物語の中にもいた。

4人暮らしが始まって3度目の朝。起床すると義母は支度をしていた。障子を開けると快晴だ。あのセリフはほんとうだったらしい。「もう少しいたら?」と喉まででかけたことばを引っ込めた。義母はいろいろ考えた末、意を決してこの非日常な物語に身を任せているのだ。

現実に引き戻し、変に考えさせてしまっては、きっと帰るタイミングを逃してしまう。ぼくもこの流れに身を委ね楽しむことにしよう。

その後、義母は何度も礼を言いながら去っていった。ぼくらと太陽の物語は、何ごともなかったように閉幕し、いつものじぶんではなかったような読後感だけが全身に残った。

――6月のよく晴れた日の夕方。

いつものように家の近くを3人で散歩していた。「いい天気だねえ、静岡でも帰る?」。ぼくは頭に浮かんだままに口にする。妻は、落ち着いた口調で「いいよ」と答えた。
たまたま数日間予定が空いており、夜泣きも落ち着いている時期だったので、タイミングもちょうどよかった。息子が眠る夜にかけて運転するのはむしろ好都合だ。

じつは過去にも、妻の親族がいる静岡に帰省しようと思ったことは何度かあったが、義父母から「0歳で長距離運転は大変だから、もっと大きくなってからでいいよ」と強く押し返されてしまっていたのだ。でも今日は、夕日が「帰るのなら今だ」と言っている。

妻から電話をしてもらう。「晴れてるから、いまから静岡に帰るね」。
偶然にも義母も、来客用の布団カバーを洗濯しようと思った日らしい。終わったはずの物語の歯車がまた回りだし、0歳の息子を連れての旅が始まった。

菌をゲットせよ

育休42～43週目

息子が揉みくちゃにされている。

足先から顔面まで全身を弄《いじ》られ、一向に止む気配はない。息子は眉をひそめているが、床にお座りをし、背筋をのばして状況を窺っている。

その堂々とした姿が、火に油を注ぐ。息子は身動きがとれないよう身体を固定され、乱雑に足の裏をくすぐられる。妻とぼくは冷静さを装い、でも内心では「早くこの嵐が過ぎ去りますように」と願いながら状況を見守る。

息子を弄《もてあそ》んでいたふたりの少年は、ふと閃いたように、口に咥《くわ》えていた棒アイスを息子に食べさせようとする。そこでようやくぼくは止めに入る。

「まだ食べられないんだよ」

ぼくらは妻の実家のダイニングテーブルを囲んでいた。6歳と3歳のわんぱくな甥っ子たちが、興味津々でちょっかいを出していたのだ。こどもの遊びになるべく干渉しないよう平静を保とうとするが、ずっとハラハラしていた。

でもさすがに、甥っ子がアイスを食べさせようとしたさいは、「守らなくては」と防衛本能が働いてしまった。まだ固形のアイスを噛む歯がなかったのと、また3歳まで虫歯菌の感染を防げれば虫歯になりにくいという話を聞いていたのも理由だ。

嫌味なくその場を収めることができ、きっと甥っ子たちには楽しい場として終わったはず。けれど、ぼくにはモヤモヤが残った。悪気のない甥っ子たちに「息子に触らないでほしい」とさえ思ってしまったじぶんに対してだ。

もし当時の状況に戻ったとしても、同じ振る舞いをしたと思うし、ベストな対応だったと頭では納得している。では身体に残るこのモヤモヤはどう消化したらよいのだろう。

それからひと月が過ぎ、自宅のダイニングテーブルを家族3人で囲んでいる。離乳食は順調に進み、食べる量が増えたが、それに反比例するようにウンチの回数が減った。息子はいわゆる便秘を患っていた。

定期的に小児科へ通院しているが、すぐに根本解決することは難しく、肛門の筋肉と腸内環境が育つのを待つことになった。初めて知ったのだが、腸内細菌の種類とバランスは3歳までに決まるという。こどもが何でもペロペロと舐めるのも、泥遊びに夢中になるのも、じつは菌を摂取する役割があるのだとか。

いろんなモノや人に触れて、さまざまな菌に触れることで内臓が育っていく。頭であれこれ考えなくとも、身体は最初から答えを知っているように思えてくる。英語では、直感を「gut feeling」（gut ＝腸）と言うのも頷ける。

じっさい子育ては、頭で考えてベストな選択肢を選んでいくゲームというよりも、全身を使って庭で自然の手入れをする感覚にずっと近い。どんなに考えても何が正解なのかわからないことも多く、頭でっかちのままではモヤモヤが募っていくだけだ。

果たして、頭で考えた正しさや自由は、本当に正しいのか自由なのか。最近は、もっと身体の内側から生まれてくる真の自主性のようなものに、光りや温かさを感じるようになった。


次は10月に妻の実家に帰省する予定だ。地元のお祭りがあり、装飾された大きな山車《だし》が町を練り歩くらしい。きっと前回よりもはちゃめちゃな場になるはずだ。あのわんぱくな甥っ子たちにも、また遊んでもらおうと思う。菌をハントさせてもらおう。

甥っ子を菌よばわりして、意地悪な大人だなという気がしなくもないが、不思議と心は晴れている。頭だけではなく、腹の奥底からそう感じているからだと思う。

育休44〜45週目

こどもは人生の制約か

この夏、外食や旅行にはほとんど行けなかった。息子の好奇心はますます旺盛になり、チャイルドシートに長く座っていられず、ところ構わず大声で騒いでしまうこともあるので、外に出るハードルはむしろ上がっている。

その代わりと言ってはなんだが、家庭用ビニールプールを購入した。幅2メートルほどの大きさで、田舎の一軒家の庭に置くにはちょうどいい。まさにプール日和な、うだるような暑さの中、満を持して入ってみることにした。

妻に「一緒に入る?」と誘ってみたが、首をヨコに振る。

引き出しの奥に眠っていた海水パンツを穿いて、いざ庭のプールへ。息子を抱えて水に入ろうとすると、初めての体験で怖いのか泣き出してしまう。もう一度ゆっくり着水しようと試みると、蝉たちの鳴き声を打ち消すぐらいに泣き嘆く。

「ぼくではダメみたい」

結局、妻にも水着を着てもらうことに。やはり母の力は偉大だ。妻に抱っこされながらだと安心するらしい。最初は恐る恐る水に浸かっていたが、すぐに元気に水で遊ぶようになった。


庭で親子3人でプールに入っている。夏の何でもないような風景だが、もし息子がいなかったら存在しなかった日常だ。そもそも庭でプールに入ろうなんて思わなかっただろうし、万が一ぼくがそう思い立ったとしても、妻は付き合ってくれなかっただろう。

先日、「『生涯子供なし』最大42%」というニュースが目に入ってきた。

将来への不安や、子育て以外の選択肢が多くなっているのが要因だと触れられていた。もともとぼく自身も、こどもは人生の負担や制約になると思っていた人間だ。たしかに、こどもがいることで、しづらくなったことはある。でも不自由か、じぶんらしく生きられていないかと問われたら、そんなこともないような気がする。

庭で家族でプールに入っているのも。こどもが遊ぶかもしれないからと、一念発起して中古ピアノを買い、すきま時間で弾き始めたのも。もともと夜型の夫婦が、午前5時に散歩するようになり、朝露で濡れたクモの巣をイルミネーションみたいだと驚いたのも。そんな日常は、夫婦で生きる人生には存在しなかった。

こどもがいることを制約と捉えることもできるし、考えようによっては、こどもがいないことを制約と捉えることもできるのではないか。人の意思で制約をなくすことなんてできなくて、制約はじぶんの外からギフトされるもの。その制約をどう捉えて遊びこなすかに、自由やオリジナリティがある。今ではそのように感じるようになった。

この夏とは別の日常も、あったのだと思う。けれどせっかくこどもがいる人生に身を委ねたのだ。「2人ではやろうと思わないけれど、3人だからやりたいことってあるかな?」と妻に尋ねると、少し考えて「アンパンマンこどもミュージアムに行ってみたい」と言う。

ぼくの故郷の仙台にもある施設らしい。今の息子の状況では、千葉から仙台に移動するのは難しそうだけれど、帰省できるタイミングがきたら行ってみたいと思う。息子の目まぐるしい成長とともに、変化し続ける制約の波を乗りこなしていこう。

物理法則を超える生き物

育休46〜47週目

どちん。どちん。どちん。２歳に満たない幼児が歩いている姿は、よくよく見ると不気味だ。

まだつかまり立ちをしていない息子の相手を、毎日しているからだろうか。ぷにぷにした短い脚で、４頭身の生き物が直立歩行している姿を町中で見かけるたび、何かしらの物理法則に反しているように感じた。

「あぁ身体が重くて起きられない」子育ての合間にいったん床に寝そべると、大人だって立ち上がるのは大変。あまりの頭の重さに、もしじぶんが幼児体型だったら絶対に立てないなぁと天井を仰いだことも。

生後10ヶ月をすぎたばかりの夜。息子は、はじめてつかまり立ちをした。脚で立つというよりは、ベビーサークルのガードをつかみ、腕力で体重を支えるような不安定な立ち方。全身にプルプルと力が入っており、写真を撮る間もなく、ほんの数秒で崩れ落ちた。９キロを超えた体重を小さな身体で支えるのは大変そうだ。

ただそれからの進化はめまぐるしかった。日に日にこわばっていた腕の力はほどけていき、片手を離して立ったり、つたい歩きをしたり、音楽に合わせておしりを振ったりし始める。腕でつかんで立つのではなく、重心を安定させて、足で地面をつかむような立ち方に変わっていった。

「あ、重さは障壁ではなく、立つための力でもあるんだ」中高の物理で学んだエネルギーの法則が、今さら腑に落ちる。脚も筋肉もない石ころや卵だって、重さがあるから立つのだ。

筋力で重さをねじ伏せるのが独り立ちする術ではなく、天から与えられた力をありのままに発揮したときに、人は自らの脚で立つことができる。そう世界を捉え直すと、不気味に感じていた幼児の立ち姿も、天からの恵みを受け、地球とダンスをする天使に見える、と言ったらちょっと大袈裟すぎるか。

神々しくもある息子のつかまり立ち姿を眺めていると、これは物理だけではなく、精神的な重さにも当てはまるのではないかと思うようになった。家族が増えると、いろんな重さを感じる瞬間がある。たとえば東京に用事があり、外房にある自宅を出るときの重さは象徴的だ。

妻が息子の相手をしながら慌ただしく見送ってくれる姿を見ると、「これが最後の姿になるかもしれない」と一瞬頭によぎる。その時の玄関扉の質量は、独身時代には知らなかった種類の重たさだ。

けれど「行ってくるね」とドアを閉め、電車に乗って自宅から離れていくと、心の重たさは足枷《あしかせ》ではなく、むしろじぶんを大胆にジャンプさせる土台のようなものに変わっていく。

人生の限りある時間を費やすのだ。せっかくなら家族と過ごす時間に引けを取らないくらい、いい時間にしよう。じぶんが成長すれば、もっと妻や息子を愛せる人間になれるかもしれない。じぶんの仕事が、未来を生きるこどもたちに希望をつくれるかもしれない。

そんな大それた感情が心に湧き上がり、東京に着く頃には、どうせならもっと精一杯生きてやれと意を決している。家庭を持つ重さは、家族を結びつける内心円に働くこともあれば、人生をより遠くへ飛ばす外心円に働くこともあるらしい。

しばらく家をあけてから帰宅すると、息子の機嫌がいいときは、床を泳ぐようにズリバイで近寄って来てくれる。その瞬間、身体や心の疲れがすべて吹っ飛んで、あらゆる重さがなくなる感覚になる。そうかと思いきや、手を洗って抱き上げると、びっくりするくらい重い。

やはりこどもは、何かしらの物理法則に反している。

即興劇な人生

育休48〜49週目

即興のモノボケバトルは、とつぜん幕が上がる。

息子が、ミニカーを手渡してくる。

ぼくは空中を旋回させ、ブーと音を轟かせて走らせる。ウヘへと笑う息子にミニカーを返す。


息子が、間髪をいれずミニカーを手渡してくる。

ぼくはじぶんの腕の上をオフロードに見立て、ガタガタと車体を震わせて走らせる。ウヘウヘへへと笑う息子にミニカーを返す。


息子が、勢いよくミニカーを手渡してくる。

ぼくは息子の足から胸に向けて、くすぐらせるようにクネクネと服の上を蛇行させる。ウヘウヘヘヘエヘと大笑いする息子にミニカーを返す。

息子が、後ずさりするぼくを追いかけてミニカーを手渡してくる。アイデアが尽きたぼくは、前と同じように空中をブーと旋回させる。ヘヘと小さく笑い、前より薄い反応をした息子にミニカーを返す。

息子が、屈託のない目でミニカーを手渡してくる。追い込まれたぼくは苦し紛れに、全身を揺らしながら壁にドンドンドンと叩きつける。息子はウヘウヘヘヘヘヘと腹から笑いこける。

その遊びの後から、息子はミニカーを色々なところにぶつけて、音を出して遊ぶようになった。バケツに、窓ガラスに、ぼくの身体に。木の棒ではうまく叩けなかった鉄琴も、ミニカーをぶつけてドレミファと音を鳴らしている。

とくに目的もルールもない遊びの中で、それまではできなかった動作や、頭一つ抜け出たような行為をすることがある。筋書きのない即興パフォーマンスを通して、人が変化していくプロセスは目を見張るものがある。

無目的な遊びこそ、本気でやる意味がありそうだ。そう思ってからは、息子の遊びに付き合うという意識でなく、ぼく自身も本気で遊び、お互いちがうじぶんに変身していくのを楽しむことにした。

日が暮れてからは、追いかけバトルが開幕する。

息子は突然、椅子の脚の背後に隠れて「追うなよ、ぜったい追うなよ」と語るようなニヤリとした目を向けてくる。ぼくが四つん這いになり追いかける素ぶりを見せると、必死になって逃げる。ぼくが動きを止め、隙を見せると攻守逆転。次は息子が、高速ズリバイで追いかけてくる。

食うか食われるかの攻防を繰り広げ、いつの間にか息子の頭は汗でびっしょり。ぼくの膝は悲鳴をあげている。息子が本気なので、ぼくも本気になる。ライオンになったつもりで四肢を動かしグオーッと吠えてみたり、カバになったつもりで口を大きく開け威嚇してみたり、即興でパフォーマンスをする。

そうすると息子も、しなやかな女豹のようなポーズをとることや、ウーッと遠吠えするように発声することがある。これが発達なのかは定かではないが、お互いに新しい何者かに変身していくのは単純に楽しい。

何かを達成するための学びや努力も、生きるには必要だ。けれど、好奇心のままに原っぱを自由にかけ巡るような、あらゆる目的意識から解放された遊びの中で、何の筋書きもなく即興的に変身していく過程にも、生きる根源的な楽しさがある気がしてしまう。

少なくとも、無尽蔵なエネルギーを持つこどもとの遊びは、発達のためだとか親の義務感では太刀打ちできないので、そう思うことにした。

今日も自宅ではいつとはなく即興劇が始まり、さまざまな野生動物に扮した声と、ぼくの膝の悲鳴が上がる。

先人の肩に乗る

育休50〜51週目

「あなたもですか」

会話を交わしたわけではないが、町が主催する親子イベントに男性の参加者がいると、勝手に親近感が湧く。

保育園に入る前に、ちょっとでも社会性を育めたらと思い、人と出会える場に連れていく機会を増やしている。平日のイベントは女性の参加が大半だが、ぽつぽつと男性の姿も見かける。

もともと1年間育休を取得することに何の抵抗もなかったわけではない。ただぼくの周りで、育休を経験した男性たちは口を揃えて「取ってよかった」と言うし、復帰後もますますその人らしいキャリアを描いている人が多いように見えた。

もうすぐ1年が経とうとする今、迷うも何も、親族が近くにいないぼくらには必要だったと思う。そして取得して良かったと強く感じた具体的な瞬間もあった。息子がズリバイで家中を駆けめぐり「ママしかダメ」期に突入した生後9ヶ月を過ぎたころ、妻から「まとまった時間がほしい」と頼まれたことがあった。

ぼくは寝室で、あらゆるおもちゃを総動員し、息子の注意を母の存在からそらせた。数時間くらい格闘した感覚でも、時計を見ると10分しか経っていない。そんな時空の歪みになんども翻弄されながら、妻に時間をつくろうと試みた。

のちにリビングで再会した妻は「あぁ人間を取り戻した気がする」と吐露したあと、「すぐまた会いたいなぁと思っちゃった」と息子に微笑んだ。（オレは？）と情けない問いが頭をかすめかけたが、それ以上に男性が育休を取る意味はパートナーの人生のためでもあるのだ、とつくづく思い知らされた。

妻が人間発言をしてから、息子が泣いたり求めたりしないときも、自ら働きかけて遊ぶようにした。今でも「ママしかダメ」シーンは多々あるものの、遊び相手としては認めてくれているらしく、ぼく一人でも対応できる時間が少しずつ増えている。

子育てを中心にしながら、お互いの協力でじぶんたちの時間もつくろうと試みる。変わり続ける息子の状況にあたふたしながらも、ぼくは日々の発見を育児エッセイとして書き続けることができたし、好奇心のまま普段読まないような本を読むこともできた。

どうやっても妻には負担をかけてしまうし、すべてが手探りだったけれど、今までのどの1年間よりも、ぼくの書くことばが変わった日々だった。ことばになる前の人生観のようなものまでもが変わってしまった。

家族かキャリアか。子育てを女性がするか、男性がするか。

AかBかではなく、あたらしいCという可能性をひらいてみたい。じぶんの人生にどんな選択肢が良いかよりも、次の世代に希望をつなげられるかが、より大きな意味を持つようになった。ぼく自身が身近な先人たちから希望をもらったように。

ある夜、寝室で息子を寝かしつけていた妻から、リビングにいたぼくにメッセージが来た。

「あ！！！なんと」

いつもよりテンションが高い文面に、何かあったのかと思い「どうしたの？」と送る。即座に「きょう何の日？」とレスポンスが返ってきた。

きょうは、9月29日。あっそうか結婚記念日だったのだ。今まで一度も忘れた年なんてなかったのに、見事なまでに失念していた事実に仰天し「すっかり忘れてた！」と送信する。

「ふたりとも完全に抜け落ちてたね」。テヘへの顔文字が添えられて返ってきた。妻が怒っていないことにホッとする。後世に想いを馳せるよりも、まずじぶんたちの記念日のことをしっかりやれよ、とつっこみたくなる。

育児休業の文字にある「休」とは程遠い年だったけれど、記念日を忘れていたのを笑い合えるくらいに、充実した時間だったと思う。ぼくら夫婦は結婚9年目に入り、息子はもうすぐ1歳になる。

ぼくら家族は庭でつづく

育休エッセイ最終回

一升餅を背負わせようとすると、重さでうつ伏せの状態から動けなくなり、顔を真っ赤にして泣きじゃくる。それなのに、テレビに夢中になっている間に装着させたら、軽々とつかまり立ちをしながらリズムよくお尻を動かしている。

動画に飽きたらテーブルに座らせ、食事のあとに小さなケーキを差し出す。痛快なくらい両手でもみくちゃにし、甘いとわかると手やお皿をぺろぺろなめまわす。ストローで水を吸うたび「うばっうばっ」と、おそらく大人の「うまい」を真似ている。

息子が1歳になった。

体重は倍以上になり、同じテーブルでご飯を食べられるようになり、家中どこでもつかまり立ちをし、手の届かないところの方が少なくなった。今年初めまでキッチンで沐浴していたのが信じられないくらい貫禄のある姿で湯船に浸かり、ピシャンとお湯の表面を叩いて水しぶきをぼくの顔に浴びせては、ほくそ笑むユーモアも出てきた。

年を重ねるにつれ、誕生日を迎えても感情が波立つことは減っていくが、息子の1歳の誕生日は格別だ。無事に生きられたことに胸をなでおろし、気持ちが華やぐ。

息子は見ちがえるほどに成長した。親のぼくは、どうだろうか？　慌ただしい生活の中で、夫婦そろって体重が落ち、ふたり合わせると産前から11キロ減量したことしか目に見える変化は思い浮かばない。他にも何かあるだろうと、気ままに書き続けてきたエッセイを見返す。

お産の日、面会することもできなかった待ち時間で、いてもたってもいられず書き始めたのがきっかけだった。育児の合間の息抜きにちょうどよく、せっかくなら読んでくださる方にも発見の種を届けていきたいと筆を進めてきた。
中盤からは、じぶんがどう変わっていくのか、じぶん自身が読みたいという感覚になり、気がつけば40本になっていた。

まだことばが話せない、自然物そのもののこどもと接する時間は、ぼくにとって新しい発見で満ち溢れていた。それは、まったくちがう基準で成り立つ、異なる世界がぶつかりあう場だったからだと思う。

言語と非言語
こどもとおとな
伝統と未来
あたまとからだ
自然とテクノロジー
都会と田舎

パーマカルチャーには「エッジこそが生産性の高いところ」という考え方がある。黒潮と親潮がぶつかり合う潮目が、多様な生物の生育場になるように、ぼくの庭でも雨水が流れる道の際《きわ》や、杭を打った根本の土壌は、エネルギーの塊のような場所になり植物が旺盛に育つ。

子育ては、まさにエッジ、たくさんの際が存在していた。もともとことばの世界に偏重していたぼくにとって、ことばではどうしようもない無力さを感じることもあれば、感覚の外に出るような、自由につながる入り口でもあった。

息子は新しい世界へ、ぼくは世界と出会い直しながら、たがいに自身の領域から一歩ずつ外に出るように、手探りで育んできた変わり続ける場所。家庭という庭、庭そのものだった。

庭が刻々と変化していくように、何が変わったのかを容易には言語化できないくらい、ぼく自身も変わり続けた日々だった。ただ、変わったと明瞭にことばにできることが、ひとつある。

息子につけた「織」という名は、響きが気に入って決めた名前だったが、一緒に生きた時間の中で、ぼくにとってのその名の意味が生まれ始めた。

異なるものを織りなし、新しい世界への一歩をふみ出す。

息子自身にとっての名の意味は、自ら見つけてほしい。けれど息子にとって、彼とぼくの間の際があたらしい発見や希望で溢れるような、そんな大人でぼく自身が居続けたい。そう決心させてくれる名前へと、ことばが育っていった。


ことばが通じなかったからこそ、ことばの根っこが育つ時間だったのではないか、と今では思う。生まれてきてくれた息子と、すべてのエッセイの最初の読者であり共同作者でもある妻に、最大級の愛と感謝を込めて、1年間の育休エッセイを終わりにします。

2023年10月　銭谷侑

ぼくら家族は、
庭からはじまった
育休1週目
©kengai-copywriter

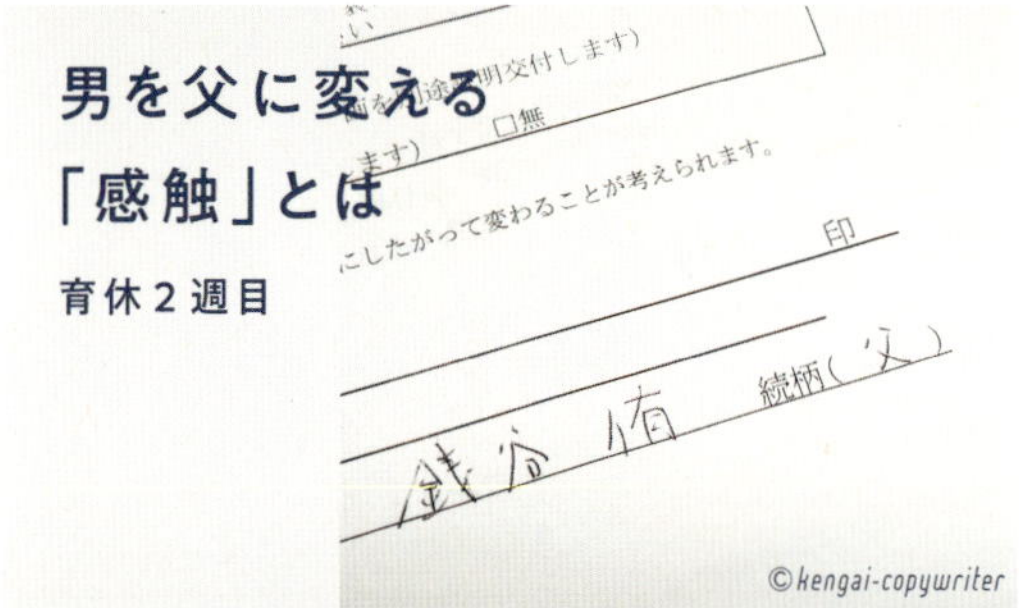
男を父に変える
「感触」とは
育休2週目
にしたがって変わることが考えられます。
続柄（父）
©kengai-copywriter

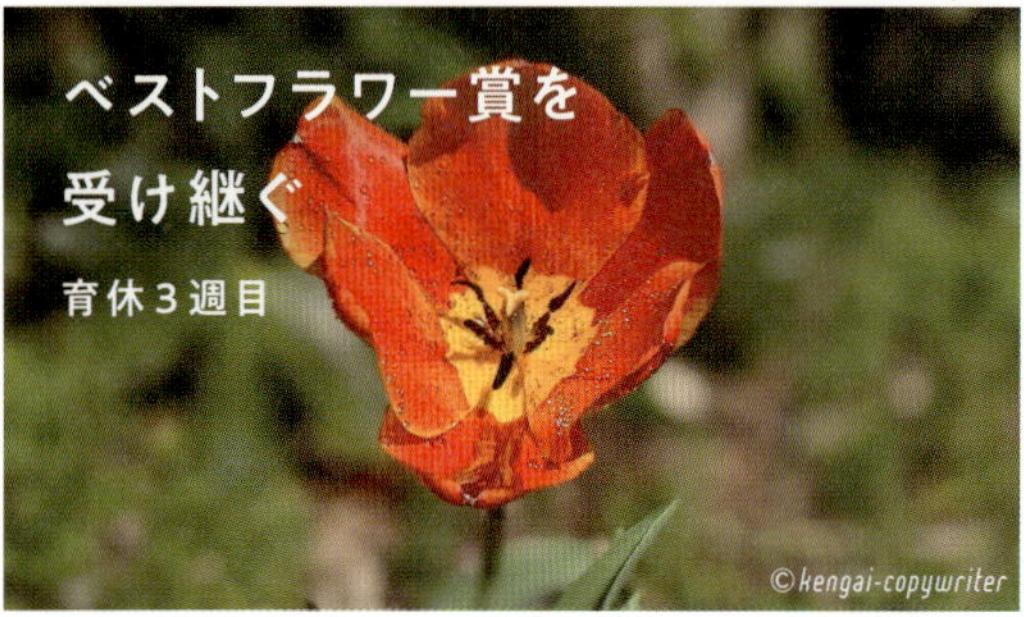
ベストフラワー賞を
受け継ぐ
育休3週目
©kengai-copywriter

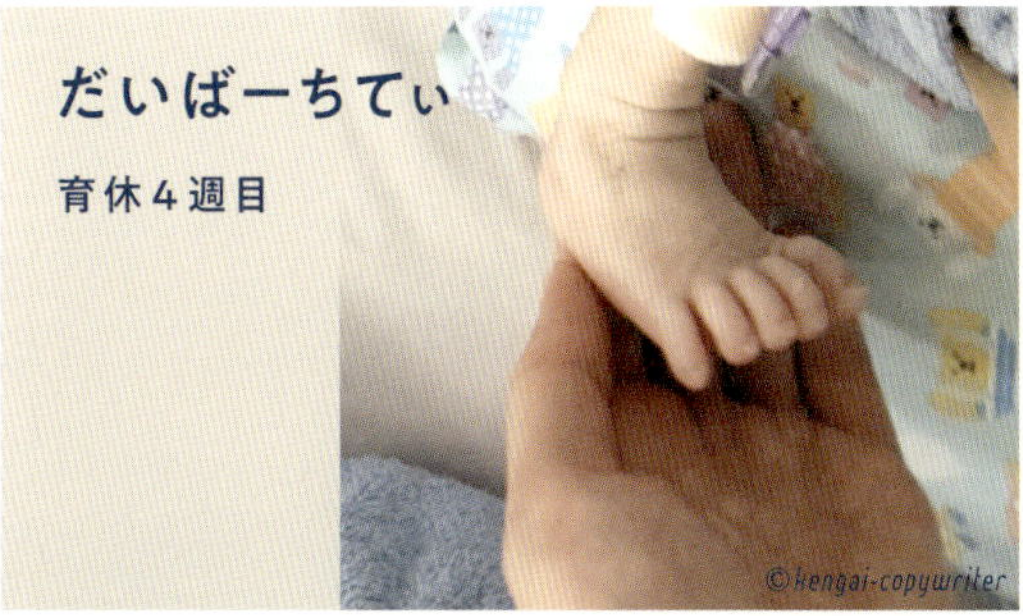
だいばーちてぃ
育休4週目
©kengai-copywriter

こどもは口ではなく、
喉で泣く
育休5週目
©kengai-copywriter

子育ての
ユートピアはあるか
育休6週目
©kengai-copywriter

2人で行って、
3人で帰ってきた
育休7~8週目
©kengai-copywriter

家事はアートだ
育休9週目
©kengai-copywriter

もうひとつの名づけ
育休10週目
nice things.
©kengai-copywriter

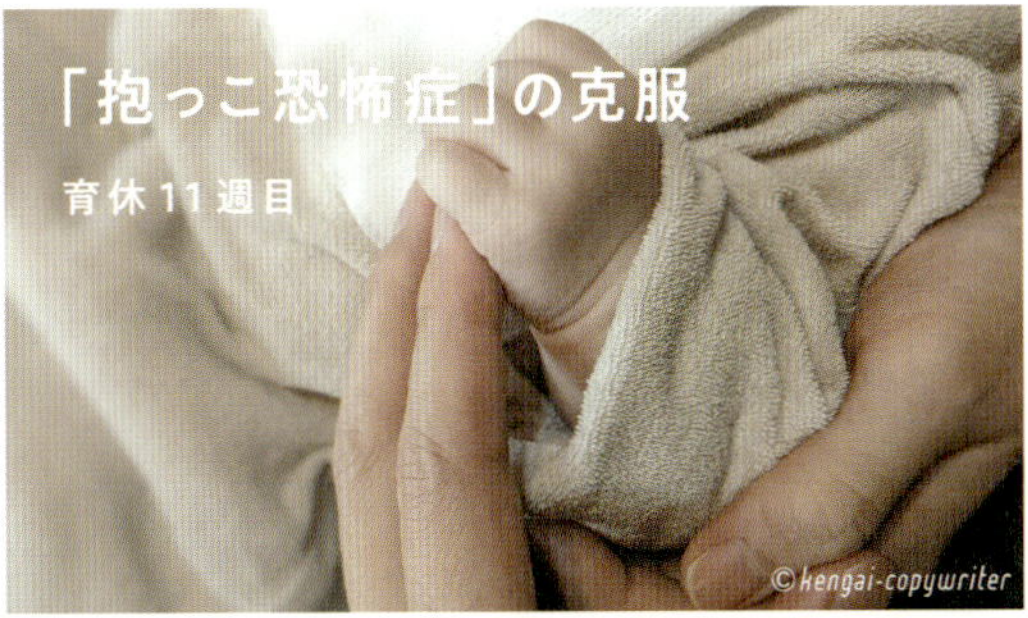
「抱っこ恐怖症」の克服
育休11週目
©kengai-copywriter

文体を探す旅
育休12週目
©kengai-copywriter

見知らぬ善意
育休13週目
©kengai-copywriter

0歳と37歳の季節
育休14週目
© kengai-copywriter

ヨコの世界とタテの世界
育休15週目
© kengai-copywriter

夫のことは大切でなくなるか
育休16週目
© kengai-copywriter

おっぱいストライキ
育休17週目
©kengai-copywriter

30万年前の足音
育休18週目
©kengai-copywriter

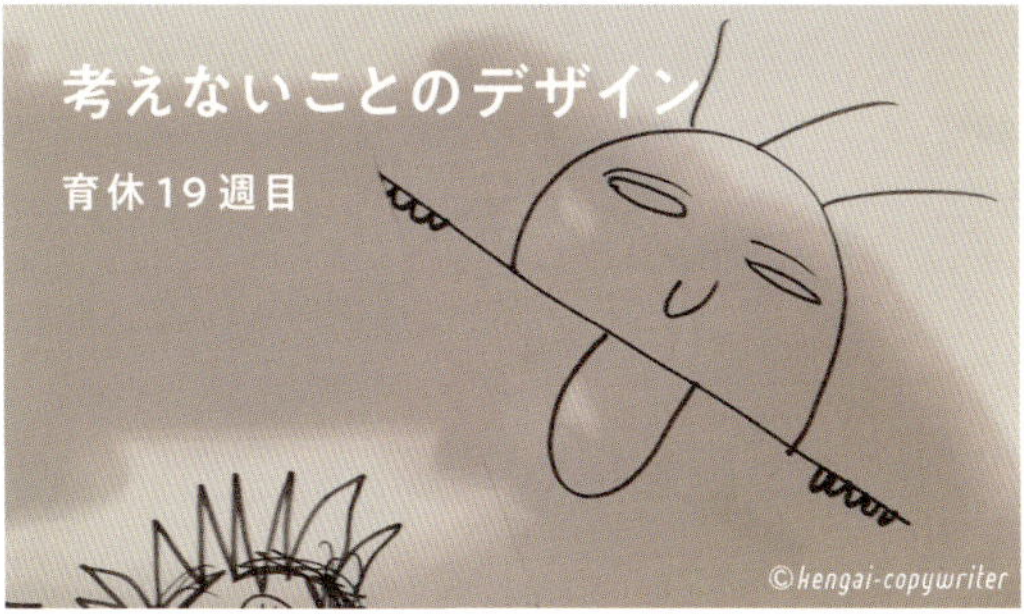
考えないことのデザイン
育休19週目
©kengai-copywriter

人間がマイノリティの世界へ
育休20週目
©kengai-copywriter

システムの触手
育休21週目
©kengai-copywriter

父性の役割
育休22週目
©kengai-copywriter

レモンの木と育つ
育休23週目
©kengai-copywriter

鯉のぼりはなぜ泳ぐ
育休24週目
©kengai-copywriter

母語を贈ろう
育休25-26週目
くだもの
ぎったん ばっこん
しろいうさぎとくろいうさぎ
わにわにのおふろ
©kengai-copywriter

家族とクラフト
育休27-28週目
©kengai-copywriter

人の内にある怪獣
育休29-30週目
©kengai-copywriter

空を飛べる人
育休31週目
©kengai-copywriter

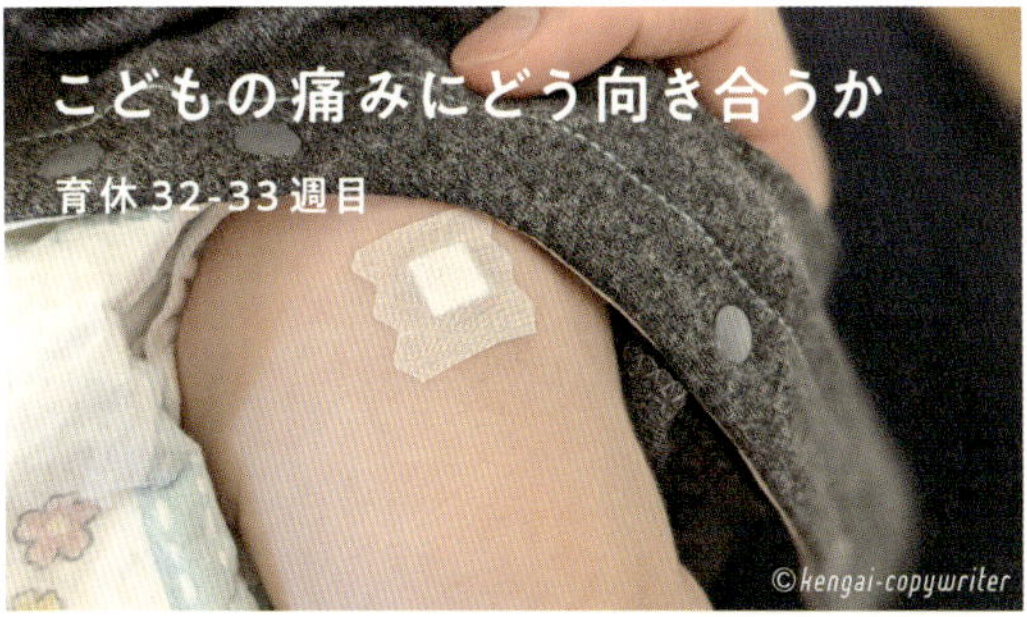
こどもの痛みにどう向き合うか
育休 32-33 週目
©kengai-copywriter

ことばにする前のみずいろ
育休 34-35 週目
©kengai-copywriter

チェーン店ができない町で
育休 36-37 週目
©kengai-copywriter

おれー5キロ＝おれ
育休38-39週目
©kengai-copywriter

頭・心・手・口のかけくらべ
育休40週目
©kengai-copywriter

子育てに短編小説を
育休41週目
©kengai-copywriter

菌をゲットせよ
育休42-43週目
©kengai-copywriter

こどもは人生の制約か
育休44-45週目
©kengai-copywriter

物理法則を超える生き物
育休46-47週目
©kengai-copywriter

即興劇な人生
育休48-49週目
©kengai-copywriter

先人の肩に乗る
育休50-51週目
©kengai-copywriter

ぼくら家族は庭でつづく
育休エッセイ最終回
©kengai-copywriter

書籍『ことばの育休』は、ことばと暮らしのメディア『圏外コピーライター』で連載されたエッセイを加筆・編集し、書籍化しました。

掲載のビジュアルは、連載時に各エッセイに添えられていた挿絵です。

巻末付録「書く育休」のすすめ

育休中、1~2週間ごとにエッセイを書き続けた。
いま振り返れば、よくもそんな慌ただしいときに継続してたなと思うが、むしろ「書く」という行為に支えられながら、大変な子育てを自分らしく歩めたとも思う。こどもの写真や映像を残すのと同じような感覚で、自分の感情や発見をことばとして書き残していくことで、たくさんの宝物のような日常と出会えたし、自分自身への意外な気づきもあった。

「我が家でもやってみようかな」という人に向けて、ぼくが実践した中で感じた自分なりのヒントを「なぜ書くのか・どう書くのか・どこに書くのか」の3つにわけてまとめてみた。何かの一助になれば嬉しい。

なぜ書くのか？「書く育休」の効用

もともと何かの目的を持って書き始めたわけではないが、なぜ書き続けてきたのかを改めて内省してみると、幾つかの意味があった。

ひとつは、忘れたくない感情を残せること。

子育て中は、琴線に触れる出来ごとの連続なのに、朝から夜へタイムスリップしたかのように一日が一瞬で終わり、何も覚えていないことも。人は、日々の暮らしの中で湧き出てくるたくさんの感情たちを、いとも簡単に失ってしまうらしい。多忙なときほど、ちょっと立ち止まる時間をつくり、ずっと忘れたくない感情をみずみずしい心の動きとして記録することは、宝物を残すような感覚だった。

ふたつ目は、自分との対話が深まること。

書くことは、自分はなぜそう感じたのか、なぜそう考えたのか、心の扉をあけていくような体験でもある。エッセイを書き始めてから、なんでもない日常の出来ごとや、些細な心の動きに、好奇心のアンテナを張って過ごせるようになった。夫から父親になり、夫婦関係も変わり、アイデンティティが変化する中で、自らの内面を掘り、自分なりの価値観を発見し育てていく経験は、自分の居場所になった。

みっつ目は、ネガティブな感情を片づけられること。

子育ては、どうしようもない無力感に苛まれたり、憤りを感じる場面もある。ネガティブな感情を書き出し、身体の外へと切り離すことは、気分転換になるし、客観的に感情を見つめて整理するきっかけにもなる。息子がＮＩＣＵに入院していた期間は、書くという行為なしには、自身の感情を片付けられず、不安に押しつぶされていたと思う。

そして最後に挙げたいのは、変化を歓迎できるようになっていくこと。書くことは変化の記録にもなる。1年間続ける中で、自分自身が書くことも変化していった。感じることも変わっていくし、しっくりくることばも変わっていく。途中からは、自分がどう変化していくのか、続きが読みたくて書いている感覚になっていった。それが楽しくて、育休が終わった今も書き続けている。

どう書くのか?　楽しく続ける方法

一番のポイントは、けして上手に書くものではない、ということ。

ぼく自身、エッセイを書くのは初めてだった。そもそも自分が書いたものを、エッセイと言って良いのか、最初は気恥ずかしい気持ちもあった。でもエッセイの語源はフランス語の「試み」から来ていると知ってから、上手い下手は関係なく、自分ならではの日々の試みを記録すればいいんだ、と自信を持つようになった。

日々の試みとしてのエッセイ（もしくは日記や備忘録と言ってもいい）を楽しく書き続けるオススメな方法は、寝る前にその日にあった嬉しかったことを思い出し、書き残すこと。幸せな気持ちで眠りにつけるし、それだけで十分に、日々の試みを記録した立派なエッセイだと思う。

もし、もっと「自分らしいことば」で書き残したいと思われた方は、意識してみると効果的なことが２つある。

ひとつは、起こったことやエピソードを追体験しながら具体的に描写してみること。色やカタチ、匂いや温度などを、ちょっと具体的に書いてみる。人は誰しもが異なる感覚を持っているので、たとえ同じ体験をしても感じているものがちがう。だからこそ、その人の感覚で描写することは、映像や写真には残らないあなただけの経験、あなただけのことばとして残る。

もうひとつは、起こったことだけでなく、その時に抱いた感情や、なぜそう思ったのかを簡単にで良いので書くこと。自分の内面を掘りながら書くと、その人ならではの視点や哲学が残りやすくなる。

それを気持ちいい範囲で続けていくと、いつのまにか習慣になり、あなただけのことばが貯まっていくはずだ。

どこに書くのか？　将来の読者へ

手帳にメモる。日記帳に書く。育児アプリに記録する。ブログ等で発信する。きっと他にも方法はたくさんある。

ぼくがオススメするのは、将来、自分が読みたいと思う形式や場所で書いていくこと。一人でも読者がいたほうが、意味が伝わるくらいの親切さで書く理由になるし、継続する励みにもなる。もしくは、将来の自分という読者のためだけではなく、パートナーや、いつかこどもに読んでもらうことをモチベーションのひとつにおいても良い。

ぼくの場合は、日常の中で心が動いたことを、紙や育児アプリ『ぴよログ』にメモし、その中でも特に心が動いたことや気づきがあったことについて、毎週～隔週ごとに、メモより少し長めのエッセイとしてまとめた。ぼくは個人ブログを持っており、そこでも公開してきたが、必ずしも誰かに見せる場所に残す必要はないと思う。誰かに良いと思われたいから書くのではなく、「自分のために書く」ことが何よりも大事だ。

以上、ぼくが実践した中で感じたポイントを書いてきた。
これはあくまで一例なので、試しながら、あなたに合った「書く育休、書く育児」を見つけてほしい。子育てをしているかどうかに関係なく、「書く」という行為は、日々の暮らしを好奇心でみつめ、自分の生活をつくりあげていく力を持っている。きっと、この本に書いたこととは、まったく違う感情が、気づきが、宝物が見つかるはずだ。その時はぜひ、こっそりと教えてください。

妻のあとがき

産後18日。わたしだけが退院してこどもはまだNICUにいる。入院中はいつでも会うことができたのに、退院してからは夜19時以降は面会禁止になった。こどもへの授乳の許可が下りてからは、日中の3時間おきの授乳のたびに病院近くの宿泊施設からできる限り通うようになり、夫は運転手として一日に何度も施設と病院を往復するようになった。

コロナ禍のこともあり、夫はこどもとは出産立会いのときに5分ほど会ったのみだったから、わたしの撮影してくる写真や動画を毎日じっくりと眺めては、文句ひとつ言わずに自らできるサポートに精一杯取り組んでくれる。わたしが「会いたいでしょう」と言うと、「ひろののおかげで会ってる気がするよ」と言った。宿泊施設の押入れには、病院のコインランドリーで洗われた衣類が不恰好に畳まれて並び、冷蔵庫には温めるだけで食べられる鍋セットやレンジでできる汁物、コーンフレークなど、料理が大の苦手な夫が考えた栄養が摂れそうなものが所狭しと積み上げられるようになった。

わたしはこどもの入院が長引くにつれ、産後で頭がまわらないなか複雑な治療の話を聞いたり、夫が面会できないことでこどものことを完全には共有しきれないやりとりきれなさを感じていたり、想像していた産後とは違う日々を過ごしていること、こどもの退院日が読めないことなどからいっぱいいっぱいになって、うまく説明できないながらに自分の気持ちがギリギリの状況だということを伝えてみたことがあった。夫は、「織ちゃんにはたいへんな経験をさせてしまっているけど、俺はこれでよかったと思うよ。だってロックじゃん。こどもの誕生とともに、多くの医療関係者の方と最先端の医療、莫大な費用をかけてこんなにも世の中と関わって生きている」と。そうかこのたいへんな日々はロックなのか、となんだか心が軽くなったのを覚えている。

夫が自宅から持ち込んだ本と、産後に新たに購入した本でどんどんと埋めつくされていく宿泊施設の狭い部屋。わたしは夫と気持ちを共有することでじぶんを保っていたが、夫は施設の小さなベッドの上で大量の本に囲まれながらノートパソコンに向かい、書くことを通してじぶん自身や家族と向き合い、精神を保っているのかもしれないと感じていた。

今となっては、多くの人に支えられながらわたしたち家族3人で駆け抜けたこどもの入院生活の日々をとても懐かしく遠い昔のように感じるけれど、わたしは夫が残してくれたエッセイのおかげで、織の人生の物語のはじまりのページに、夫とわたしが重要なメンバーの一員として参加させてもらえたのだと、より一層リアルに思い返すことができる。

それはたいへんだったけれど、発見と感謝に満ちた日々でした。

2024年夏

妻　松永ひろの

庭の小屋をあそび場に
つくりながら
変わりながら
土から生まれるような
ことばを育てています

庭ブックス
NIWA BOOKS

銭谷侑　Yu Zeniya

コピーライター、一児の父。１９８６年北海道生まれ、東北育ち。広告代理店での勤務を経て、アートディレクターの妻・松永ひろのとともに夫婦実験ユニット「the Tandem」を結成。２０２１年に外房に移住し、庭に建てた小屋を拠点に、ことばを中心にしたものづくりを行いながら暮らしている。ことばと暮らしのメディア『圏外コピーライター』、庭と育つかぞく出版社『庭ブックス』を運営。

ことばの育休

２０２５年２月28日　初版第１刷発行

著者　銭谷侑

発行者　the Tandem

発行所　庭ブックス

URL　the-tandem.com/niwabooks

装画　落合晴香

デザイン　松永ひろの

印刷　モリモト印刷株式会社

ISBN　978-4-9913343-0-6